*Søren Kierkegaard*

# Das Tagebuch des Verführers

Søren Kierkegaard

**Das Tagebuch des Verführers**

ISBN/EAN: 9783955631352

Auflage: 1

Erscheinungsjahr: 2013

Erscheinungsort: Bremen, Deutschland

Leseklassiker

# S. KIERKEGAARD

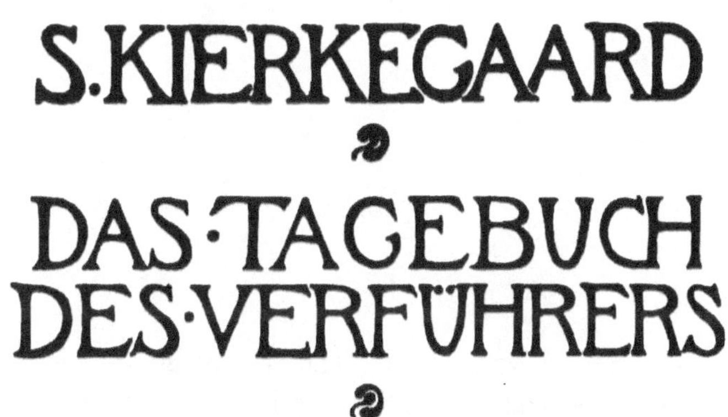

# DAS·TAGEBUCH DES·VERFÜHRERS

IM·INSEL-VERLAG·ZU·LEIPZIG·1903·

Die erste vollständige deutsche Übertragung dieses
Buches ist von M. Dauthendey besorgt; den künst-
lerischen Schmuck zeichnete Walter Tiemann.
Gedruckt wurde dasselbe bei Poeschel & Trepte zu
Leipzig in einer Auflage von 1100 Exemplaren,
die handschriftlich numeriert sind, davon dieses
No.

AUM kann ich der Angst Herr werden, die mich bei meinem Thun ergreift; zwar habe ich mich in meinem eigenen Interesse entschlossen, die flüchtige Kopie, die ich mir damals in aller Eile und mit grosser Unruhe im Herzen verschaffen konnte, mit Sorgfalt ins Reine zu schreiben. Alles ist heute ebenso beängstigend und ich fühle wie damals dieselben Vorwürfe. Sein Schreibpult war nicht geschlossen, und alles was darin war, stand zu meiner Verfügung. Ein Schubfach stand offen. Darin waren verschiedene lose Papiere und darauf ein mit Geschmack gebundenes Buch in Quartformat. Es lag eine Seite aufgeschlagen, auf der war aus weissem Papier eine Etiquette, worauf er mit eigner Hand geschrieben hatte: Commentarius perpetuus N. 4. — Ich versuche mir jetzt vergeblich einzureden, wäre das Buch nicht aufgeschlagen gewesen und hätte der Titel mich nicht so gereizt, ich hätte mich dem Versucher nicht so schnell ergeben.

Der Titel war seltsam, besonders durch seine Bedeutung.

Aus einem flüchtigen Blick auf die losen Papiere konnte ich sehen, dass sie Aufzeichnungen erotischer Situationen, einzelne Andeutungen über dieses und jenes Verhältnis, sowie Entwürfe zu ganz eigentümlichen Briefen enthielten.

Jetzt durchschaue ich das ränkevolle Herz dieses verdorbenen Menschen, vergegenwärtige ich mir wieder die Situation, als ich mit meinem für alle Arglist offenen Auge vor jene Schublade hintrat, so ist es mir wie einem Polizeibeamten, wenn er in das Zimmer eines Falschmünzers kommt und in einem Schubfach eine Menge loser Papiere findet, hier ein Ornament, da einen Namenszug. Er weiss wohl, er ist auf der richtigen Spur und in die Freude darüber mischt sich Bewunderung für das Studium und den Fleiss, der hier verwendet wurde. Da ich aber kein Polizeischild trage, so ·fand ich mich auf ungesetzlichen Wegen. Ich fühlte mich dieses Mal nicht minder arm an Gedanken als an Worten. Man lässt sich von einem Eindruck imponieren, bis die Reflexion sich wieder losreisst und wechselnd und hastig in ihren Bewegungen sich nähert und einnistet bei dem unbekannten Fremden. Je mehr die Reflexion entwickelt ist, desto schneller fasst sie sich; wie ein Schreiber, der Pässe nach dem Ausland ausfertigt, gewohnt ist, die abenteuerlichsten Gesichter zu sehen, so lässt sie sich nicht verblüffen. Aber trotzdem meine Reflexion sehr stark entwickelt ist, war ich doch im ersten Augenblick sehr erstaunt. Ich erinnere mich gut, ich wurde blass, und fiel beinahe um. Und welche Angst fühlte ich! Wenn er nach Hause gekommen wäre und hätte mich ohnmächtig

vor dem geöffneten Schreibpult gefunden! Ein böses
Gewissen kann doch wirklich das Leben interessant
machen.  Der Buchtitel frappierte mich im Grunde
nicht. Ich dachte, es wäre eine Sammlung von Ex-
zerpten, was mir ganz natürlich erschien, da er
immer fleissig studierte.  Aber der Inhalt war ein
ganz anderer. Nichts weniger als ein sorgfältig ge-
führtes Tagebuch; wie ich ihn von früher kannte,
glaubte ich nicht, dass sein Leben Kommentare bedurfte, aber nach dem Einblick, den ich mir jetzt
gestattete, kann ich nicht leugnen, dass der Titel
mit viel Geschmack und viel Überlegenheit über sich
und die Situation gewählt war. Der Titel steht in
vollständiger Harmonie mit dem Inhalt. Poetisch zu
leben war sein Lebenszweck. Er verstand mit seinen
sehr entwickelten Sinnen das Interessante im Leben
zu finden und das Erlebte fast dichterisch zu repro-
duzieren. Historisch genau ist sein Tagebuch nicht,
auch nicht erzählend, nicht indikativisch aber kon-
junktivisch.  Alles ist erst später niedergeschrieben
und trotzdem wirkt es so dramatisch lebendig, als
sähen wir den Augenblick.
Dass das Tagebuch keinen andern Zweck als nur
persönliche Bedeutung für ihn haben sollte, ist augen-
fällig. Anzunehmen, dass es ein Dichtwerk sei, und
vielleicht auch zum Druck bestimmt, diese Annahme
verbietet sowohl die Art des Ganzen als auch die
Einzelheiten.  Für seine Person brauchte er doch
nicht zu fürchten es herauszugeben, denn die meisten

Namen sind so sonderbar gewählt, dass sie nicht historisch sein können. Einen Verdacht habe ich doch, dass die Vornamen historisch richtig sind, so dass er für seine Person immer wieder sicher war, die wirklichen Personen herauszufinden, während jeder Uneingeweihte von den Familiennamen irregeführt werden musste. So verhält es sich allenfalls mit dem jungen Mädchen, das ich kannte und um welches sich das Hauptinteresse sammelt — Cordelia. Ganz richtig, sie hiess Cordelia, aber nicht Wahl. Woher hat das Tagebuch nun diesen dichterischen Charakter? Darauf ist nicht schwer zu antworten. Sein Verfasser hat eine dichterische Natur und wenn man so sagen will, sie ist nicht reich genug und nicht arm genug, um Poesie und Wirklichkeit von einander zu trennen. Das Poetische war das plus, das er selber dazugab. Das plus war das Poetische, das er in der poetischen Situation der Wirklichkeit genoss; und dieses nahm er in Form dichterischer Reflexion wieder zurück, dieses war der zweite Genuss und sein ganzes Leben durch rechnete er mit dem Genuss. Im ersten Fall genoss er persönlich das Ästhetische, im zweiten Fall genoss er ästhetisch seine Persönlichkeit. Im ersten Fall war die Pointe die, dass er egoistisch persönlich das genoss, was ihm das wirkliche Leben teils gab, teils das, womit er selbst die Wirklichkeit schwanger machte. Er gebrauchte im ersten Fall die Wirklichkeit als ein Moment, im zweiten Fall war die Wirklichkeit im

4

Poetischen aufgegangen. Die Frucht des ersten Stadiums ist also die Stimmung, aus welcher das Tagebuch als die Frucht des zweiten Stadiums hervorgegangen ist. Doch dies Wort muss im letzten Fall in etwas anderer Bedeutung genommen werden als im ersten. Das Poetische hat er also immer in und durch die Doppelform gehabt, unter welcher sein Leben verlief.

Hinter der Welt, in der wir leben, fern im Hintergrund, liegt eine andere Welt, die ungefähr in demselben Verhältnis zu jener steht wie das Verhältnis der Scene im Theater zur wirklichen Scene. Man sieht durch einen dünnen Schleier wieder eine Welt von Schleiern, leichter, mehr ästhetisch, von einem anderen Wert als die wirklichen Werte. Viele Menschen, die sich körperlich in dieser Welt zeigen, gehören nicht in diese, sondern sind in der anderen Welt zu Hause. Doch dass ein Mensch oft hinschwindet, ja fast verschwindet, kann seinen Grund entweder in einer Krankheit oder in einer Gesundheit haben. Das letzte war der Fall mit diesem Menschen, den ich einmal gekannt habe, ohne ihn zu kennen. Er gehörte nicht zur Wirklichkeit und doch hatte er viel mit ihr zu thun. Er drang immer tief in sie hinein und selbst wenn er sich am tiefsten ihr hingab, war er ausserhalb. Es war aber nicht das Gute, das ihn forttrieb, auch nicht eigentlich das Schlechte, das darf ich ihm in keinem Augenblick nachsagen. Er hat an einem Exacerbatio cerebri ge-

litten, wofür die Wirklichkeit nicht genug Incitament
hatte, höchstens nur momentweise. Er verhob sich
nicht an der Wirklichkeit, er war nicht zu schwach
sie zu tragen, nein, er war zu stark, aber diese Stärke
war eine Krankheit. Sobald die Wirklichkeit ihre
Bedeutung als Incitament verloren hatte, war er
entwaffnet, darin lag das Schlechte bei ihm. Dies
war er sich selbst im Augenblick des Incitament
bewusst, und in diesem Bewusstsein lag das Böse.
Das Mädchen, dessen Geschichte den Hauptinhalt
des Tagebuches ausmacht, habe ich gekannt. Ob er
mehrere verführt hat, weiss ich nicht; doch scheint
es aus seinen Papieren hervorzugehen. Es scheint
auch, er hat noch eine andere Art von Praxis ge-
trieben, welche ihn ganz charakterisiert. Denn er
war geistig zu gross veranlagt, um ein gewöhnlicher
Verführer gewesen zu sein. Aus dem Tagebuch sieht
man zuweilen, dass er oft etwas Willkürliches haben
wollte. Einen Gruss zum Beispiel, und um keinen
Preis etwas mehr, weil das gerade das Schönste bei
der betreffenden Dame war. Mit Hilfe seiner grossen
geistigen Begabung hat er ausgezeichnet verstanden,
ein Mädchen in Versuchung zu bringen, an sich zu
fesseln, ohne sie im strengsten Sinn zu nehmen, besitzen zu wollen. Ich kann mir vorstellen, er konnte
ein Mädchen auf den Punkt bringen, dass er sicher
war, sie würde Alles für ihn opfern. Wenn es dann
so weit gekommen war, so brach er ab. Ohne dass
von seiner Seite die mindeste Annäherung geschehen

war, ohne dass ein Wort über Liebe gefallen war,
oder gar eine Erklärung, ein Gelübde. Und doch
war es geschehen. Und die Unglückliche behielt
das Bewusstsein darüber doppelt bitter. Weil sie
sich nicht auf das Mindeste berufen konnte, weil
sie immerfort von den verschiedensten Stimmungen
in einem schrecklichen Hexentanz herumgejagt wurde.
Denn bald machte sie sich Vorwürfe und verzieh
ihm, bald ihm Vorwürfe und da das Ganze in Wirklichkeit nicht existierte, musste sie sich selbst fragen,
ob das Alles nicht eine Einbildung gewesen sei.
Niemandem konnte sie sich anvertrauen, denn sie
hatte eigentlich nichts anzuvertrauen. Wenn man
geträumt hat, kann man andern seinen Traum erzählen,
aber das, was sie zu erzählen hatte, war ja kein
Traum, es war Wirklichkeit. Und doch, sobald sie
ihrem bekümmerten Herz Luft machen wollte, so
war es nichts. Das fühlte sie sehr gut. Kein Mensch,
kaum sie selbst konnte es fassen, und doch ruhte
es als ängstlicher Druck auf ihr. Solche Opfer
waren daher von ganz eigentümlicher Natur. Es
waren keine unglücklichen Mädchen, die sich von
der Gesellschaft ausgestossen glaubten, sich gesund
und stark grämten und wo es ab und zu, wenn das
Herz zu voll war, Hass und Verzeihung gab. Keine
sichtbaren Veränderungen gingen mit ihnen vor; sie
lebten in den alten gewohnten Verhältnissen, ge-
achtet wie immer und doch waren sie verändert,
fast unerklärlich vor sich selbst, unbegreiflich für

Andere. Ihr Leben war nicht, wie das der Verführten, zerknickt und gebrochen, es war in ihnen selbst gebrochen; für andere verloren, suchten sie sich selbst zu finden. Im selben Grad wie man sagen konnte, dass sein Weg ohne Spur durch das Leben ging, so hinterliess er kein Opfer, er lebte zu viel geistig, um ein Verführer im gewöhnlichen Sinne zu sein. Zuweilen nahm er doch einen parastatischen Leib an und war da nur Sinnlichkeit. Selbst seine Geschichte mit Cordelia ist so verwickelt, dass es ihm möglich war, als der Verführte auftreten zu können. Selbst Cordelia konnte zuweilen zweifeln, auch hier sind seine Fusspuren so undeutlich, dass jeder Beweis unmöglich ist. Die Menschen waren für ihn nur ein Incitament; er warf sie von sich weg, wie die Bäume die Blätter abschütteln — er verjüngte sich, das Laub verwelkte.

Aber in seinem eigenen Kopf, wie mag es da aussehen? Andere hat er irregeführt, er wird auch einmal selbst irrelaufen. Die andern hat er innerlich irregeführt, nicht äusserlich. Wenn ein Wanderer einen Menschen nach dem Weg fragt, so ist es empörend, ihm einen falschen Weg zu weisen. Das ist aber noch gar nichts gegen das, dass man einen Menschen an sich selbst irremacht. Beim verirrten Wanderer wechselt wenigstens zum Trost immer die Landschaft um ihn, und er hat an jeder Wegbiegung die Hoffnung, doch noch den rechten Weg zu finden, der aber, der an sich selbst irre wurde, hat kein so grosses Territorium, er merkt bald, dass er in einem Kreislauf ist, aus dem er sich nicht herausfindet. So, denke ich, muss es ihm einmal gehen, in noch viel schrecklicherem Masse. Ich kann mir nichts qualvolleres vorstellen, als einen intriganten Kopf, der den Faden verliert und dessen Scharfsinn sich gegen ihn selbst wendet, besonders im Augenblick, wo ihm das Gewissen erwacht. Vergebens hat er in seiner Fuchshöhle viele Ausgänge, schon glaubt er das Tageslicht zu erreichen, aber er merkt, dass es nur ein neuer Eingang ist, wie ein verzweifeltes Wild sucht er immer einen Ausgang und findet stets einen Eingang, der zu ihm selbst zurückführt. Ein solcher Mensch ist nicht gerade ein Verbrecher, er wird oft von seinen eigenen Intriguen selbst getäuscht, und doch bekommt er eine schrecklichere Strafe als ein wirklicher Verbrecher; denn was ist der Schmerz der Reue im Vergleich mit diesem bewussten Wahnsinn? Seine Strafe hat einen rein ästhetischen Charakter. Denn schon dass das Gewissen erwacht, ist für ihn zu ethisch. Das Gewissen gestaltet sich für ihn als ein höheres Bewusstsein, das sich als Unruhe äussert, und ihn auch im tiefsten Sinn nicht anklagt, aber ihn wachhält und ihm in seiner Friedlosigkeit keine Ruhe giebt. Wahnsinnig ist er auch nicht; denn die Mannigfaltigkeit seiner Gedanken ist nicht in der Ewigkeit des Wahnsinns versteinert.

Der armen Cordelia wird es auch schwer werden,

Ruhe zu finden. Sie verzeiht ihm zwar von ganzem
Herzen, aber findet keinen Frieden, denn da erwacht
der Zweifel; sie hat ja die Verlobung aufgelöst,
sie hat das Unglück heraufbeschworen, ihr Stolz
begehrte das Ungewöhnliche. Dann bereut sie,
aber Ruhe findet sie keine; denn nun sprechen
die verklagenden Gedanken sie frei; er war's, er
hatte mit Arglist diesen Plan in ihre Seele gelegt.
Dann hasst sie, ihr Herz fühlt sich leichter, wenn
sie ihn verflucht, aber sie findet keine Ruhe; sie
macht sich wieder Vorwürfe, Vorwürfe, weil sie
ihn hasst, sie, die selbst eine Sünderin ist, Vorwürfe,
weil sie immer schuldig bleibt, wenn er auch arg-
listig war. Schwer ist es, dass er sie betrogen hat,
noch schwerer könnte man beinahe sagen, dass er
so viel Nachdenken in ihr erweckt hat, dass er
sie so ästhetisch entwickelt hat, dass sie nun
nicht länger mehr einer Stimme demütig lauscht,
sondern viele Reden gleichzeitig hören kann. In
ihrer Seele wird da die Erinnerung wach, sie vergisst ihre Sünde und Schuld, sie erinnert sich der
schönen Augenblicke, sie lässt sich von einer un-
natürlichen Exaltation betäuben.
In solchen Augenblicken erinnert sie sich seiner
nicht bloss, sie fasst ihn hellsehend auf, das zeigt,
wie stark er sie entwickelt hat. Sie sieht nichts
Verbrecherisches in ihm, aber auch nicht den edlen
Menschen, sie fühlt ihn nur ästhetisch. Einmal hat
sie mir ein Billet geschrieben, wo sie folgendes

sagt: „Zuweilen war er so geistig, dass ich mich
als Weib vernichtet fühlte und dann wieder so wild
und leidenschaftlich, dass ich fast für ihn zitterte.
Zuweilen war ich ihm fremd, zuweilen gab er sich
mir ganz hin; schlang ich dann meinen Arm um
ihn, so war plötzlich alles verschwunden und ich
umarmte die ‚Wolken‘. Diese Bezeichnung kannte
ich, ehe ich ihn kannte, aber er lehrte sie mich zu
begreifen; wenn ich diesen Vergleich benutze, denke
ich immer an ihn, wie ich sonst auch alle meine
Gedanken nur durch ihn denke. Ich habe immer
Musik geliebt, er war ein wunderbares Instrument,
immer gestimmt, er hatte eine Tonleiter wie kein
Instrument sonst, er hatte Fühlung und Stimmungen,
kein Gedanke war ihm zu gross, keiner zu verzweifelt, er konnte wie ein Herbststurm brausen, er
konnte flüstern. Kein Wort von mir war ohne Wirkung und doch kann ich nicht sagen, ob meine Worte
ihre Wirkung nicht verfehlten, denn die Wirkung
auf ihn konnte ich unmöglich voraussehen. Mit
einer unbeschreiblichen, geheimnisvollen, seligen,
unfassbaren Angst horchte ich auf diese Musik, die
ich selbst hervorrief und doch nicht hervorrief,
immer war sie voll Harmonie, immer riss er mich
hin.“
Für sie ist es schrecklich, für ihn wird es noch schreck-
licher; das schliesse ich auch daraus, dass ich selbst
Angst bekomme, wenn ich an alles dieses denke.
Auch ich bin in dieses Nebelreich, in diese Traum-

welt mit hineingezogen, in der man jeden Augenblick vor seinem eigenen Schatten erschrickt. Vergebens suche ich mich loszureissen, ich folge mit wie‧eine drohende Gestalt, wie ein stummer Ankläger. Wie sonderbar! Er hatte das tiefste Geheimnis über alles gebreitet und doch giebt es ein noch tieferes Geheimnis, das ist, dass ich auch eingeweiht bin, und ich selbst bin auf eine ungesetzliche Weise eingeweiht worden. Das Ganze zu vergessen gelingt mir nie. Ich habe zuweilen daran gedacht, mit ihm darüber zu sprechen. Doch was hilft das? Er würde entweder alles leugnen, behaupten, das Tagebuch sei ein dichterischer Versuch oder würde mich bitten zu schweigen, was ich ihm nicht wehren könnte, wegen der Art und Weise, durch die ich eingeweiht wurde. Es giebt nichts, wofür es soviel Verderb und Verdammnis giebt, als für ein Geheimnis.

Von Cordelia habe ich eine Sammlung von Briefen bekommen. Ob es alle sind, weiss ich nicht. Doch glaube ich, sie sagte einmal, dass sie einige konfisziert hat. Ich habe sie kopiert und will sie jetzt in die Reinschrift einschieben. Sie haben zwar kein Datum, aber wären sie auch mit Datum versehen, es hätte mir nicht viel geholfen, da das Tagebuch, je weiter es fortschreitet, immer sparsamer und sparsamer wird und zuletzt mit einigen Ausnahmen jedes Datieren aufgiebt. Als ob in diesem Stadium die Geschichte qualitativ so bedeutungsvoll wird, und sich trotz der historischen Wirklichkeit in solchem Grade der Idee nähert, dass dabei alle Zeitbestimmungen gleichgültig werden. Dagegen hat mir geholfen, dass an verschiedenen Stellen im Tagebuch ein paar Worte existieren, deren Bedeutung ich am Anfang nicht verstand. Ich habe, indem ich diese Worte mit den Briefen zusammenstellte, herausgefunden, dass sie Motive zu den Briefen abgeben. Daher ist es mir eine leichte Sache, sie an den richtigen Stellen einzuflechten, indem ich immer den Brief an der Stelle einschiebe, wo das Motiv zu demselben sich befindet. Hätte ich nicht diesen Hinweis gefunden, so würde ich mich eines Missverständnisses schuldig gemacht haben. Denn sicher wäre es mir nie eingefallen — was jetzt aus dem Tagebuch mit Wahrscheinlichkeit hervorgeht, nämlich, dass die Briefe hie und da sich so dicht aufeinander gefolgt sind, dass sie ab und zu mehrere an einem Tag empfangen zu haben scheint.

Kurz nachdem er Cordelia verlassen, schrieb sie ihm einige Briefe, er sandte sie ungeöffnet zurück. Auch diese erhielt ich von ihr. Sie selbst hatte die Siegel bereits aufgebrochen, deshalb darf ich mir wohl erlauben, sie zu kopieren. Über die Briefe hat sie nie zu mir gesprochen, dagegen pflegte sie, wenn sie von ihrer Beziehung zu Johannes sprach, oft eine kleine Strophe, ich glaube von Goethe, zu recitieren. Dieser Vers hatte je nach ihrer Stimmung immer etwas Verschiedenes zu bedeuten:

> „Gehe,
> Verschmähe
> Die Treue,
> Die Reue
> Kommt nach.“

Folgendermassen lauten ihre Briefe:

Johannes!

Mein, nenne ich Dich nicht. Ich sehe es ein, Du bist niemals mein gewesen, dafür bin ich hart genug bestraft, dass ich einmal diesen Gedanken als meine Freude und Wonne festhielt; und doch ich nenne Dich: mein; mein Verführer, mein Betrüger, mein Feind, mein Mörder, meines Unglücks Quell, Grab meiner Freude, Abgrund meiner Unseligkeit. Ich nenne Dich: mein, und nenne mich Dein, und wie es einst Deinen Sinnen schmeichelte, die sich in Anbetung vor mir beugten, so töne es nun wie ein Fluch über Dich, in alle Ewigkeit als Fluch.

Dessen sollst Du Dich nicht freuen und nicht meinen, ich würde Dich unausgesetzt verfolgen, um Deinen Spott aufzureizen! Fliehe, wohin Du willst, Dein bin ich doch; ziehe an die Grenzen der Welt, Dein bin ich, liebe andere, hundert andere, ich bin die Deine, Dein bis zur Todesstunde. Die Sprache selbst, die ich gegen Dich führe, sie zeugt, dass ich Dein bin. Vermessen hast Du Dich, einen armen Menschen zu verführen, so dass Du mir alles wur-

dest, und es war mir meine höchste Freude, Dir
Sklavin zu werden. Ja, ich bin Dein, Dein, Dein,
Dein Fluch.

Deine Cordelia.

Johannes!

Ein reicher Mann hatte sehr viel Schafe und Rinder; und ein armes kleines Mädchen hatte nur ein
einziges kleines Schäfchen; das ass von ihrem Bissen
und trank aus ihrer Schale. Du, der reiche Mann,
reich an allen Schätzen der Welt, und ich die Arme,
hatte nichts als meine Liebe. Du hast sie hinge-
nommen, sie freute Dich, aber als Dir eine neue
Lust winkte, opfertest Du das Bischen, das ich hatte;
Du wolltest nichts von Dir opfern. Ein reicher Mann
hatte sehr viele Schafe und Rinder; und ein armes
kleines Mädchen, das hatte nichts als seine Liebe.

Deine Cordelia.

Johannes!

Ist alle Hoffnung vergebens? Erwacht Deine Liebe
niemals wieder? Ich weiss ja, dass Du mich geliebt
hast, wenn ich auch nicht weiss, woher mir diese
Gewissheit kommt. Warten will ich, wenn mir auch
die Zeit lang scheint, warten, warten, bis Du niemand anders mehr lieben magst. Steht mir Deine
Liebe dann wieder aus dem Grab auf, dann werde
ich Dich wie immer lieben, wie ehemals, o Johannes,
wie ehemals! Johannes! Kann Dein wahres Wesen
gegen mich diese herzlose Kälte sein? Könnte Deine

15

Liebe, Dein reiches Herz eine innere Lüge sein?
O werde bald wieder Du selbst! Sei geduldig gegen
meine Liebe, verzeih, ich kann nicht aufhören, Dich
zu lieben; wenn auch meine Liebe Dir eine Last ist,
einmal kommt doch die Zeit, wo Du zu Deiner Cordelia zurückkommst. Deine Cordelia! höre doch, —
das flehende Wort — Deine Cordelia, Deine Cordelia?

Deine Cordelia.

Man bemerkt, Cordelia verstand ihre Rede zu mo-
dulieren, wenn ihre Stimme auch nicht diese Bedeutung hatte, welche Johannes zur Bewunderung
zwang. Wenn sie sich auch nicht so klar und
sicher auszudrücken versteht, ihre Briefe geben doch
jede Stimmung wieder. Besonders fällt dies beim
letzten Brief auf; freilich kann man in demselben
nur ahnen, was sie will, aber dieser Mangel giebt
ihm für mich etwas Rührendes.

4. April. Vorsicht, meine schöne Unbekannte! Vorsicht! Es ist nicht so leicht, aus einem Wagen heraus-
zutreten, manchmal ist das ein Schritt von Bedeutung.
Wagentritte sind oft so verkehrt eingerichtet, man
muss alle Grazie verlieren, um glücklich herauszu-
kommen. Oft kann man sich nicht anders retten als
durch einen halsbrecherischen Sprung in den Arm des
Kutschers oder des Lakaien. Kutscher und Lakai,
ja, die haben es gut. Ich glaube, ich hätte wirklich
grosse Lust, in einem Hause, wo junge Damen sind,

16

eine Dienerstelle anzunehmen. Wie leicht kommt ein Diener hinter die Geheimnisse eines kleinen Fräuleins. — Aber um Gotteswillen, springen Sie doch nicht so heraus, ich bitte Sie, es ist ja dunkel; ich werde nicht stören, ich stehe hinter der Strassenlaterne, dann können Sie mich unmöglich bemerken, und man kommt doch nur in Verlegenheit, wenn man weiss, es wird einem nachgeschaut — also bitte, steigen Sie jetzt aus! Lassen Sie Ihren reizenden zierlichen Fuss, den ich schon bewunderte, sich in die Welt wagen! Mut! Trauen Sie ihm, er wird schon festen Grund fassen und wenn Ihnen auch einen Augenblick bang wird, Sie finden ihn, und wird Ihnen dann auch noch bang sein? O ziehen Sie nur schnell den andern Fuss auch nach, — könnte jemand so grausam sein, Sie in solch gefährlicher Situation zu lassen, wer wäre so ohne Sinn für das Schöne, dass er gegen die Offenbarung einer Schönheit blind wäre? Oder ist Ihnen noch vor einem Unberufenen bang — doch nicht vor dem Lakai, doch nicht vor mir —, ich habe Ihren kleinen Fuss bereits gesehen, und habe als Naturforscher von Cuvier gelernt, daraus meine sicheren Schlüsse zu ziehen. Also flink! Wie dieses Bangen Ihre Schönheit hebt. Aber nein, Angst an und für sich ist nichts Schönes, nur wenn man zugleich die Anstrengung zur Überwindung dabei bemerkt. Endlich! Ah! Schau, wie sicher der kleine Fuss steht! — Nicht ein Mensch hat es bemerkt. Nur im Augenblick, wo Sie in das Hausthor treten, geht eine dunkle Gestalt an Ihnen vorbei. Sie werden rot? Sie sehen sich etwas aufgeregt, etwas stolz verächtlich um? Ein flehender Blick, und eine Thräne in Ihrem Auge? Beides ist schön für mich, und von beidem ergreife ich mit gleichem Recht Besitz. Aber ich bin boshaft, — wie ist die Hausnummer? Und sehe ich recht, es ist ein Galanteriewarengeschäft. Meine schöne Fremde, ist es auch empörend, ich folge Ihnen.... Sie vergass es, ach ja; ist man siebzehn Sommer alt und macht in solchem Alter Einkäufe und betrachtet alles, was man in die Hand nimmt, mit unbeschreiblichem Vergnügen, ja dann kann man leicht alles vergessen.

Sie hat mich noch nicht gesehen, ich stehe am andern Ende des Ladentisches; gegenüber an der Wand hängt ein Spiegel. Sie weiss es noch nicht, aber der Spiegel weiss es. O unglücklicher Spiegel, nur ihr Bild kann er festhalten, aber nicht sie selbst. O unglücklicher Spiegel, er kann ihr Bild nicht auffangen und vor der Welt verstecken, er muss es auch andern verraten, wie jetzt mir. Welche Folter, wenn der Mensch so beschaffen wäre! Und doch, es giebt so viele Menschen, die erst fühlen, was sie besitzen, wenn sie es anderen zeigen, die nur das Äusserliche festhalten, nicht das Wesen, die alles verlieren, wenn das innere Wesen sich zeigt, wie dieser Spiegel ihr Bild verlöre, wenn sie durch einen einzigen Atemzug ihr Herz vor ihm verraten würde....

18

Wie schön ist sie doch! Armer Spiegel, welche
Qual! Gut, dass du ohne Eifersucht sein kannst.
Ihr Haupt ist von einem vollkommenen Oval. Sie
beugt es ein wenig vor, dadurch wird die Stirn
höher, die Stirn, die sich rein und stolz ohne jedes
Abzeichen wölbt. Ihr Haar ist dunkel, ihre Haut
durchsichtig und fasst sich wie Sammet an, das fühle
ich mit meinen Augen. Ihre Augen — nein, die
konnte ich noch nicht sehen, da sie von langen
Wimpern verdeckt sind, welche sich wie Nadeln bie-
gen und für den gefährlich werden, der ihren Blick
sucht. Ihr Gesicht ist wie eine Frucht. Jeder Übergang ist rund und voll. Ihr Kopf ist ein reiner,
unschuldiger Madonnenkopf. Sie zieht einen Handschuh aus und zeigt dem Spiegel — und aber auch
mir die Hand so blendend und wohlgeformt, als
wäre es die einer Antike, ohne Schmuck und besonders ohne den glatten Ring am vierten Finger.
— Bravo! — Jetzt schlägt sie das Auge gross auf,
das verändert alles und doch ist sie dieselbe: Die
Stirn ist jetzt weniger hoch, vorher schien das Gesicht ovaler, aber jetzt ist es lebendiger. Sie redet
zu dem Kommis, sie ist munter und redet gern.
Zwei, drei Waren hat sie bereits gewählt, sie nimmt
eine vierte in die Hand, betrachtet sie, fragt nach
dem Preis und legt sie auf die Seite unter ihren
Handschuh. Ist es etwas für den Geliebten — aber
verlobt ist sie ja nicht. Ach, es giebt viele, die
nicht verlobt sind und doch einen Geliebten haben,

und viele sind verlobt und haben keinen Geliebten.
Soll ich sie aufgeben? Soll ich sie ungestört ihrer
Harmlosigkeit überlassen.... Jetzt möchte sie bezahlen, aber sie hat ihr Geldtäschchen vergessen...
wahrscheinlich giebt sie jetzt ihre Adresse an; ich
mag sie nicht hören, ich will mich nicht einer Überraschung berauben, wir treffen uns wohl noch einmal im Leben und — — ich werde sie gewiss
wiedererkennen, sie mich vielleicht auch. Meinen
Blick von der Seite vergisst man nicht so leicht.
Wenn ich einmal überrascht werde, sie in einer
Umgebung zu finden, die sie nicht erwartete, dann
kommt an sie die Reihe. Erkennt sie mich aber
nicht wieder, so überzeugt mich sofort ihr Gesichts-
ausdruck und ich bekomme gewiss Gelegenheit, sie
von der Seite zu betrachten. Beim Himmel, dann
wird sie sich erinnern, dass das schon einmal geschehen ist. Nur nicht ungeduldig, keine Gier, sie
ist auserlesen und ich werde sie bekommen.

5. April. Ich liebe das: allein am Abend in der Östergade. Ja, ich habe bereits den Diener gesehen, der
Ihnen folgt; wie könnte ich so schlecht denken, zu
glauben, Sie würden ganz allein gehen. Glauben Sie
ja nicht, dass ich mit meinem Blick für jede Situation
so unerfahren bin, dass ich nicht sofort diese ernst-
zunehmende Gestalt des Bedienten bemerkt hätte.
Warum aber gehen Sie so rasch? Nicht wahr, etwas
Angst und Herzklopfen hat man doch, nicht weil

man sich so sehr nach Hause zu kommen sehnt,
sondern aus unbestimmbarer Furcht, die mit süssem
Bangen einem durch und durch geht, deshalb diese
schnelle Art zu gehen. Herrlich, unbezahlbar ist es
aber doch, ganz allein so zu gehen — den Bedienten
natürlich hinter sich .. Man ist sechzehn Jahre alt,
man hat ein bischen gelesen, das heisst nur Romane,
man hat, wenn man durch das Zimmer der Brüder
ging, einige Worte von einem Gespräch zwischen
ihnen und ihren Freunden aufgefangen, einige Worte
von der Östergade. Später ist man wiederholt durch
jenes Zimmer gesprungen, um womöglich noch etwas
mehr zu erfahren. Doch umsonst. Ein grosses
junges Mädchen dürfte doch wirklich ein bischen
Bescheid von der Welt haben. Ob man so ohne
weiteres mit dem Bedienten hinter sich ausgehen
kann. Na, ich danke. Vater und Mutter würden
verblüfft aussehen, und welchen Grund wollte man
denn angeben? Wenn man eingeladen ist, so passt
die Zeit noch nicht, da ist es zu früh; zwischen
Neun und Zehn, das wäre die richtige Zeit, hörte
ich August sagen; wenn man nach Hause geht, ist
es wieder zu spät und da sollte man auch meistens
einen Kavalier mit sich haben. Donnerstag Abend,
wenn wir vom Theater kommen, das wäre im Grunde
eine wunderbare Gelegenheit, aber da soll man in
der Karrete fahren und Frau Thomsen und ihre
liebenswürdigen Cousinen mit sich im Wagen haben.
Wenn man wenigstens allein führe, so könnte man

das Fenster herunterlassen und ein bischen Umschau
halten. Doch unverhofft kommt oft. Heute sagte
mir Mutter: Du wirst gewiss nicht mit dem fertig,
was Du zum Geburtstag Deines Vaters zu sticken
hast, um ganz ungestört zu sein, gehe zu Tante
Jette und bleibe bis zum Thee dort, Jens wird Dich
später holen. Diese Mitteilung der Mutter war zwar
nicht sehr amüsant, denn bei Tante Jette ist es
schrecklich langweilig, doch dafür kann ich allein
mit dem Bedienten um neun Uhr nach Hause gehen.
Wenn Jens jetzt kommt, so lass ich ihn bis drei
Viertel Zehn Uhr warten, und — dann gehen wir.
Wenn ich ausserdem meinen Bruder und Herrn
August treffen würde — aber das ist vielleicht nicht
gut, sonst würden wir alle zusammen denselben
Weg gehen. — Nein, ich danke, am liebsten will
ich freie Hand haben, die Freiheit, — aber wenn
ich sie entdecken könnte, ohne dass sie mich sähen...
Na kleines Fräuleinchen, was würden Sie denn entdecken und was glauben Sie, das ich bei Ihnen ent-
decke? Erstens die kleine Mütze, die Ihnen ausgezeichnet steht, und mit Ihrer in aller Eile ausge-
dachten Expedition vollständig zusammenpasst. Es
ist kein Hut, keine Mütze, eher eine Art Haube.
Aber die können Sie unmöglich heute Morgen, als
Sie von zu Hause fortgingen, aufgesetzt haben. Sollte
der Diener sie mitgebracht haben, oder ist sie von
Tante Jette geliehen? — Vielleicht haben Sie sich
incognito kleiden wollen? — Den Schleier darf man

22

auch nicht ganz herunterlassen, wenn man beobachten will. Vielleicht ist es kein Schleier, nur eine breite Blonde. Das kann man im Finstern unmöglich bestimmen. Das Kinn ist ganz schön, ein wenig zu spitzig. Der Mund klein und etwas offen, das kommt davon, dass Sie so schnell gehen. Die Zähne — weiss wie Schnee. So soll es sein. Von den Zähnen hängt Vieles ab. Sie sind eine Leibwache, die sich hinter der verführerischen Weichheit der Lippen versteckt. Die Wangen sind rosig von Gesundheit. Böge man den Kopf etwas zur Seite, so wäre es vielleicht möglich, sich unter diesem Schleier oder der Blonde hineinzudrängen. Nehmen Sie sich in acht, ein solcher Blick von unten ist viel gefährlicher als einer gradeaus. Es ist wie beim Fechten. — Und welche Waffe ist so stark, so durchdringlich, so blitzend in ihrer Bewegung und dadurch so verräterisch wie ein Auge? . . . Unerschüttert geht sie vorwärts. Nehmen Sie sich in acht; ein Mensch kommt, lassen Sie den Schleier herunter, sonst beleidigt Sie sein profaner Blick, Sie machen sich keine Vorstellung davon, es könnte vielleicht lange dauern, ehe Sie diese widrige Angst los würden, die er Ihnen beibrachte. — Sie bemerken es nicht, aber ich bemerke es, er überschaut die Situation. — Ja, da sehen Sie selbst, es kann Folgen haben, wenn man allein mit einem Diener ausgeht. Der Diener ist hingefallen. Im Grunde ist es ja nur lächerlich, aber was ist jetzt zu thun? Zurückgehen,

ihm beim Aufstehen helfen, sein Rock wurde ganz
schmutzig? Das ist unangenehm. Und allein weiter-
gehen? Das ist gewagt. Nehmen Sie sich in acht,
der Scheussliche kommt näher. . . Sie antworten mir
nicht, schauen mich nur an. Lässt mein Äusseres
Sie etwas fürchten? Ich mache gar keinen Eindruck
auf Sie, ich sehe gutmütig aus, wie ein Mensch aus
einer anderen Welt. In meiner Rede ist nichts Be-
unruhigendes. Nichts was an die Situation erinnern
könnte. Kein ungeziemendes Betragen. Sie sind
noch ein bischen ängstlich. Sie haben noch nicht
die Dreistigkeit, jene widerliche Figur zu vergessen.
Sie fangen an gegen mich freundlich gestimmt zu
werden, meine Verlegenheit, die mir verbietet, Sie
anzusehen, giebt Ihnen die Übermacht. Das freut
Sie und macht Sie sicher. Sie könnten fast in Versuchung kommen, mich zum Besten zu halten. Ich
wette, dass Sie in diesem Augenblick die Courage
hätten, mich unter den Arm zu nehmen, wenn Sie
diesen Einfall bekämen. . . . . Also in der Stormgade
wohnen Sie. Sie verbeugen sich kalt und flüchtig
vor mir. Habe ich das verdient, dass ich Sie
aus der unangenehmen Geschichte gezogen habe?
Sie bereuen es? Sie kehren zurück, danken mir für
meine Artigkeit, reichen mir die Hand — warum er-
bleichen Sie? Ist meine Stimme nicht unverändert,
meine Haltung dieselbe, mein Auge still und ruhig?
Dieser Handdruck? Kann denn ein Handdruck etwas
zu bedeuten haben. Ja, viel, sehr viel, mein kleines

24

Fräulein, sehr viel, binnen vierzehn Tagen werde
ich Ihnen alles erklären; bis da muss dieser Widerspruch ungelöst für Sie bleiben. Ich bin ein gut-
mütiger Mensch, der als Ritter einem jungen Mädchen
zu Hilfe kommt und ich kann auch Ihre Hand in
einer anderen als nur gutmütigen Weise drücken.

7. April. „Also Montag um ein Uhr auf der Ausstellung“. Sehr gut, ich werde die Ehre haben mich
drei Viertel Eins einzufinden. Ein kleines Rendez-
vous. Sonnabend beschloss ich schnell und lustig eine
Visite bei meinem verreisten Freund Adolf Bruun
zu machen. Um sieben Uhr Abends begab ich mich
in die Westergade, wo man mir gesagt hat, dass er
wohnen sollte. Er war nicht zu finden, nicht einmal in der dritten Etage, wo ich ganz atemlos hin-
aufkam. Als ich wieder die Treppe hinuntergehe,
wird mein Ohr von einer weiblichen melodischen
Stimme berührt, die halblaut sagt: „Also Montag
um ein Uhr auf der Ausstellung; da sind die andern
aus, aber Du weisst, ich darf Dich nie hier zu
Hause sehen“. Die Einladung galt nicht mir, aber
einem jungen Menschen, der mit eins, zwei, drei
zur Thür hinauslief, so schnell, dass nicht einmal
mein Auge, noch minder meine Beine ihn erreichen
konnten. Warum hat man nicht Gas auf den Trep-
pen, dann könnte ich mich doch wenigstens überzeugen, ob es sich lohnte, so pünktlich zu sein.
Doch wäre Gas dagewesen, so hätte ich vielleicht

nichts zu hören bekommen. Das Bestehende ist
doch das Vernünftigste, ich bin und bleibe ein Op-
timist. . . . Wer ist sie jetzt? Auf der Ausstellung
wimmelt es ja von jungen Mädchen, um die Worte
von Donna Anna im Don Juan anzuwenden. Es
ist präcis drei Viertel Eins! Meine schöne Unbekannte! Möchte doch Ihr Zukünftiger in jedem Fall
so pünktlich sein wie ich, oder wünschen Sie vielleicht, dass er nie ein Viertel zu früh käme? Wie
Sie wünschen, ich bin zu jedem Dienst bereit. . .
„Reizende Zauberin, Fee oder Hexe, lass Deine Nebel
verschwinden", offenbare Dich, Du bist gewiss schon
da, aber unsichtbar für mich, verrate Dich, denn
sonst darf ich wohl keine Offenbarung erwarten.
Sollte es vielleicht mehrere hier geben, mit derselben
Absicht wie Sie? Wohl möglich. Wer kennt des
Menschen Wege, selbst wenn er auf Ausstellungen
geht. — — Da kommt ein junges Mädchen in das
Vorzimmer, schneller laufend als das böse Gewissen
nach dem Sünder. Sie vergisst ihr Billet abzugeben,
der rote Portier hält sie an. Gott behüte, welche
Eile! Sie muss es sein. Warum so heftig, es ist
noch nicht ein Uhr. Erinnern Sie sich doch, Sie
wollten Ihren Geliebten treffen; bei einer solchen
Gelegenheit kann es doch nicht gleichgültig sein,
wie man aussieht. Wenn solch junges unschuldiges
Blut zu einem Rendez-vous geht, so stürzt sie hinzu
wie ein Rasender. Sie ist ganz ausser Fassung gekommen. Ich dagegen sitze hier ganz bequem in

meinem Stuhl und betrachte ein schönes Land-
schaftsbild. . . . Zum Teufel, was für ein Mädchen,
sie stürmt durch alle Zimmer. Sie sollten allenfalls
Ihre Begierde etwas verstecken. Erinnern Sie sich,
was man zu Jungfrau Lisbeth in Erasmus Montanus
sagt: Es passt sich nicht, dass ein junges Mädchen
derart lüstern nach dem Beischlaf ist. Selbstverständlich, Ihr Rendez-vous ist eines von den un-
schuldigen. — — — Ein Rendez-vous zwischen
Geliebten wird gewöhnlich als das Schönste angesehen. Ich selbst erinnere noch so deutlich als wäre
es gestern, das erste Mal, da ich zum verabredeten
Platz eilte, mit einem Herzen so reich und doch so
unbekannt mit der Freude, die mich erwartete, das
erste Mal, da ich dreimal in die Hände klatschte,
das erste Mal, da sich ein Fenster öffnete, das erste
Mal, da eine kleine Gartenpforte von einem Mädchen
unsichtbar geöffnet wurde — das erste Mal, dass ich
ein Mädchen in der hellen Sommernacht unter meinem Mantel verbarg. Doch in ein Urteil darüber
mischt sich viel Illusion. Der ruhige Beobachter
findet nicht immer, dass die Geliebten in diesem
Augenblick am schönsten sind. Ich bin Zeuge gewesen, wo der Totaleindruck, trotzdem das Mädchen
reizend und der Mann schön war, fast widrig be-
rührte. Wenn man erfahrener wird, gewinnt man
gewissermassen; wohl verliert man die süsse Unruhe
der ungeduldigen Sehnsucht, aber man bekommt
genug Beherrschung, um den Augenblick wirklich

schön zu gestalten. Ich ärgere mich, wenn ich
einen Mann bei solcher Gelegenheit so verwirrt
sehe, dass er vor lauter Liebe ein delirium tremens
bekommt. Was verstehen denn Bauern von Gurken-
salat? Statt ruhig ihre Unruhe zu geniessen, sie
ihre Schönheit aufflammen zu lassen, und sie er-
glühen zu lassen, schafft ein solcher Liebhaber eine
unschöne Konfusion, und kehrt froh heim und bildet
sich ein, es war herrlich. — — — — Aber zum
Teufel, wo bleibt der Mensch, es ist bald zwei Uhr.
Ja, sie sind eine sonderbare Menschengattung, die
Verliebten. So ein Schlingel lässt ein junges Mädchen auf sich warten. Nein, da bin ich ein anderer
zuverlässiger Mensch! Das Beste ist, ich rede sie
an, wenn sie jetzt zum fünften Mal an mir vorbei-
kommt. „Verzeihen Sie meine Dreistigkeit, schönes
Fräulein, Sie suchen gewiss Ihre Familie hier? Sie
sind mehrmals an mir vorbeigegangen, und indem
mein Auge Ihnen folgte, bemerkte ich, Sie blieben
immer im vorletzten Zimmer stehen. Vielleicht
wissen Sie nicht, dass noch ein Zimmer drinnen
ist, vielleicht treffen Sie dort die, welche Sie suchen.“
Sie verbeugt sich vor mir, es steht ihr sehr gut.
Die Gelegenheit ist günstig, es freut mich, dass der
Mensch nicht kommt, man angelt am besten im
unruhigen Wasser. Wenn ein junges Mädchen aufgeregt ist, kann man vieles wagen, was sonst miss-
lich wird. Ich habe mich vor ihr so fremd als
möglich verbeugt, ich sitze wieder auf meinem Stuhl

und betrachte die Landschaft und halte mein Auge
auf sie gerichtet. Sie sofort zu begleiten war zu
viel gewagt, man könnte glauben, ich wäre aufdringlich; und dann ist sie auf der Hut; jetzt meint sie,
ich hätte sie aus Teilnahme angeredet und ich bin
gut bei ihr angeschrieben.
Ich weiss, dass keine Seele in dem letzten Zimmer
ist. Die Einsamkeit wird günstig auf sie wirken;
so lange sie viele Leute um sich sieht, ist sie un-
ruhig, wenn sie etwas allein ist, wird sie still. Ganz
richtig, sie bleibt drinnen. Nach einer Weile
komme ich nach, so ganz en passant. Ich habe noch
zu einer Anrede Recht. Sie ist mir beinahe einen
Gruss schuldig. Sie hat sich gesetzt. Armes Mädchen, sie sieht so wehmütig aus. Sie hat geweint,
glaube ich, oder wenigstens Thränen im Auge gehabt. Es ist empörend, — ein solches Mädchen zu
Thränen zu bringen. Aber sei ruhig, Du sollst ge-
rächt werden, ich werde Dich rächen. Er soll zu
wissen bekommen, was es heisst, zu warten. — Wie
schön sie ist, jetzt wo die Windstösse sich gelegt
haben, und sie ruht in einer einzigen Stimmung
aus. Ihr Wesen ist Wehmut und Harmonie der
Schmerzen. Sie ist wirklich hinreisend. Sie sitzt da
in ihrem Reisekleid, und doch sitzt sie nicht da,
als ob sie wegreisen will. Sie zog es nur an, um
in die Freude hinauszuziehen, jetzt ist es ein Symbol
für ihren Schmerz. Sie ähnelt der, von der die
Freude fortzieht. Sie sieht aus, als nehme sie für

immer vom Geliebten Abschied. Lass ihn laufen!
— Die Situation ist günstig, der Augenblick winkt.
Jetzt gilt es, mich so auszudrücken, dass es aussieht,
als wäre ich der Meinung, sie suche ihre Familie
oder eine Gesellschaft hier, und doch muss ich es auch
so warm sagen, dass jedes Wort mit ihren Gefühlen
sich deckt. Dabei bekomme ich Gelegenheit, mich in
ihre Gedanken einzuschleichen. — — Der Teufel
hole den Schlingel. Kommt da nicht jetzt ein Indi-
viduum angestiegen, welches ohne Zweifel er selbst
ist. Hat man je solch einen Esel gesehen. Jetzt, wo
eben die Situation so ist, wie ich sie mir wünschte.
Ja, ja, etwas wird wohl doch noch dabei heraus-
kommen. Ich muss ihr Verhältnis tangieren, eine Rolle
in der Situation mitspielen. Wenn sie mich wieder-
sieht, wird sie unwillkürlich über mich lachen, mich,
der glaubte, sie suche ihre Familie hier, während sie
etwas ganz anderes suchte. Dieses Lächeln macht
mich zu ihrem Vertrauten, das ist doch etwas. . . . .
Tausend Dank, mein Kind, dies Lächeln ist mir viel
mehr wert, als Du glaubst, das ist der Anfang, und der
Anfang ist immer das Schwerste. Jetzt sind wir Bekannte,
und unsere Bekanntschaft ist auf einer pikanten Situation gegründet. Für mich ist das allenfalls im Augenblick genug. Mehr als eine Stunde bleibt Ihr nicht
hier. In zwei Stunden weiss ich, wer Sie sind. Warum,
glauben Sie sonst, hielte die Polizei Volkszählung?

9. April. Bin ich blind? Verlor das innerste Seelen-

auge seine Sehkraft? Ich habe sie gesehen, einen
Augenblick nur, aber wie eine Offenbarung des Him-
mels, und jetzt ist mir ihr Bild wieder ganz verloren
gegangen. Vergeblich suche ich es mir zurückzurufen.
Und doch würde ich sie unter Hunderten wiedererkennen. Sie ist fort, vergeblich sucht meine Sehnsucht
sie mit dem Auge der Seele. — Ich promenierte auf
der „Langen Linie“ scheinbar ohne auf meine Umgebung zu achten, doch zugleich blieb meinem
spähenden Blick nichts unbemerkt — plötzlich sah
ich sie. Ohne länger dem Willen seines Herrn zu
folgen, blieb mein Blick auf ihr haften. Es war
mir unmöglich, eine einzige Bewegung zu machen,
ich sah nicht, ich starrte. Wie ein Fechter, der
am Platz bleibt, so blieb mein Auge unverändert,
versteinert, in der einmal angenommenen Richtung.
Es war mir unmöglich es niederzuschlagen, es war
mir unmöglich meinen Blick in mir zu verbergen,
unmöglich etwas zu sehen, weil ich zu viel sah!
Das einzige was ich bemerkt habe, war ein grüner
Mantel, den sie trug. Das ist das Ganze. Man muss
sagen, das heisst nur die Wolke sehen anstatt Juno.
Eine ältere Dame begleitete sie, ihre Mutter glaube
ich. Diese kann ich ganz deutlich beschreiben, obgleich ich sie kaum angeschaut habe, höchstens en
passant. So kann es einem ergehen. Das Mädchen,
das Eindruck auf mich machte, habe ich vergessen.
Sie ist von mir geflohen wie Joseph von der Frau
des Potiphar, nur ihr Mantel blieb mir.

14. April. Meine Seele ist noch in denselben Widersprüchen eingeschnürt. Ich weiss, dass ich sie gesehen habe, aber ich weiss auch, dass ich sie wieder vergessen habe, und so vergessen, dass der Rest von Erinnerung, der blieb, nicht sehr erquicklich ist. Mit einer Unruhe und einer Heftigkeit, als ob mein ganzes Wohl auf dem Spiel stünde, fordert meine Seele dieses Bild. Und doch zeigt es sich nicht mehr, ich möchte mein Auge herausreissen und es strafen, dass es so leicht vergessen kann. Wenn meine Ungeduld ausgetobt hat, wenn es in mir still wird, da ist es, als ob Ahnung und Erinnerung ein Bild webten, das ich aber doch nicht zu voller Gestaltung und in ruhige Umrisse bringen kann. Es ist wie ein Muster von feinstem Gewebe, das Muster aber ist heller als der Grund und kann nicht allein gesehen werden, weil es zu hell ist. Ich befinde mich in einem sonderbaren Zustand. Doch ist er an und für sich etwas Angenehmes. Das Angenehme ist ausserdem noch das, dass er mich überzeugt, ich bin noch jung. Und noch eine andere Beobachtung an mir überzeugt mich von meiner Jugend, nämlich, dass ich meine Beute unter jungen Mädchen suche und nicht unter jungen verheirateten Frauen. Eine verheiratete Frau hat weniger Natur und mehr Koketterie, ein Verhältnis zu einer solchen ist nie schön, noch interessant, es ist pikant und das Pikante ist immer das Letzte. — Ich hatte nicht erwartet, noch einmal den Rahm erster Verliebtheit

abzuschöpfen. Ich bin aber noch einmal in Verliebtheit geraten, also kein Wunder wenn ich ein bischen verwirrt bin. Um so besser, desto mehr verspreche ich mir aus dem Verhältnis. Ich kenne mich selbst kaum wieder. Mein Herz stürmt wie ein aufgewühltes Meer in leidenschaftlichem Sturm. Wenn mich ein anderer sehen könnte, würde er meinen, ein Schiff schneide mit der Spitze die hohe Flut und müsse auf dieser schrecklichen Fahrt in die Tiefe stürzen. Er sieht nicht den Matrosen, der oben im Mast sitzt und Ausschau hält. Stürmt zu, ihr wilden Elemente, wenn auch die Leidenschaftswogen Schaum in die Wolken werfen, ihr schlagt nicht über mir zusammen, ich sitze ruhig, ich bin ein Felsenkönig. Aber ich kann nur schwer Fuss fassen, wie die Wasservögel suche ich mich vergebens im wilden Meer meines Gemütes niederzulassen, und doch, solcher Aufruhr ist mein Element, ich baue darauf, wie der Eisvogel, der sein Nest auf das Meer baut. Die Truthähne brausen auf, wenn sie Rot sehen, mir geht es ebenso, wenn ich Grün sehe, jedesmal, wenn ich einem grünen Mantel begegne; und wie mein Auge mich oft betrügt, wie oft standen alle meine Erwartungen bei den grünen Trägern von Frederiks Krankenhaus.

20. April. Sich beherrschen können, ist für jeden Genuss sehr wichtig. Mir scheint fast, ich sehe und höre nie wieder etwas von dem Mädchen, das mir

Seele und Gedanken gefangen hält. Doch ich will mich ganz ruhig verhalten; diese dunkle und unklare Gemütsstimmung hat auch ihren starken Zauber. Ich liebte von jeher während einer Mondnacht auf einem oder dem andern unserer wunderbaren Seen in einem Boot zu liegen. Ich raffe die Segel, ziehe die Ruder ein, lege mich in ganzer Länge ins Boot und betrachte den Himmel über mir. Wenn die Wellen das Boot an ihrer Brust wiegen, wenn die Wolken vor dem Nachtwind hintreiben, so dass der Mond für Augenblicke kommt und geht, so giebt mir diese Unruhe Ruhe. Die Wellen schläfern mich ein, ihre Musik ist ein einförmiges Wiegenlied; das eilende Ziehen der Wolken, das Fliehen von Licht und Schatten berauscht mich und ich träume im Wachen. So liege ich auch jetzt da mit gerafften Segeln, die Ruder eingezogen, und ich lasse mich von Sehnen und ungeduldigem Erwarten hin und her treiben. Sehnsucht und Erwartung werden stiller und stiller, seliger und seliger, sie liebkosen mich wie ein Kind. Aber die Hoffnung wölbt ihren Himmel über mir, ein Bild, ihr Bild, schwebt unbestimmt wie der Mond an mir vorüber, bald mich mit seinem Licht blendend, bald mich beschattend, welch ein Genuss, sich so auf dem zitternden Wasser zu wiegen, — welch ein Genuss, bewegt zu werden!

21. April. Die Tage vergehen und immer bin ich noch in demselben Zustand. Mehr als jemals finde ich an

den jungen Mädchen Freude und habe doch zum
Genuss keine Lust. Das verstimmt mich oft, umschleiert mein Auge und stört mich. Bald kommt
jetzt die schöne Zeit, wo man im öffentlichen
Strassenleben das aufkaufen darf, was man im Laufe
des Winters im Gesellschaftsleben teuer genug bezahlt hat; denn alles kann ein junges Mädchen vergessen, aber nie eine Situation. Das Gesellschaftsleben bringt einen wohl in die Nähe des schönen
Geschlechtes, aber es hat nicht Schwung genug, um
dort eine wirkliche Geschichte anzufangen. Im
Salon ist das junge Mädchen gewappnet, die Situation ist toujours le même, sie bekommen niemals
ein wollüstiges Zittern. Auf der Strasse aber sind
sie auf hoher See, da wirkt alles viel eingehender,
weil alles viel rätselhafter ist. Für das Lächeln
eines jungen Mädchens auf der Strasse gebe ich
100 Thaler, dagegen nicht zehn für einen Händedruck im Salon. Erst wenn die Geschichte angefangen hat, sucht man sich seine Beute im Salon.
Man ist in seinem Verhältnis zu ihr in eine geheimnisvolle und verführerische Kommunikation getreten — das ist das wirksamste Insitament, welches
ich kenne. Sie wagt nicht, davon zu reden und
doch denkt sie daran. Sie weiss nicht, ob man es
vergessen hat oder nicht; bald täuscht man sie auf
die eine, bald auf die andere Weise. Dieses Jahr
aber verschaffe ich mir gewiss keinen grossen Vorrat; dieses junge Mädchen beschäftigt mich zu viel.

Mein Vorrat wird gewiss auf diese Weise mager, aber dadurch habe ich Aussicht, das grosse Los zu gewinnen.

5. Mai. Verfluchter Zufall! Ich habe Dich nie verflucht, wenn Du Dich zeigtest, aber jetzt verfluche ich Dich, weil Du Dich nicht zeigen willst. Oder soll es vielleicht von Dir eine neue Erfindung sein, unbegreifliches Wesen, unfruchtbare Mutter von allem, der einzige Rest, der noch von jener Zeit blieb, da die Notwendigkeit die Freiheit gebar, da die Freiheit sich wieder in den Mutterleib zurücknarren liess? Verdammter Zufall! Du mein einziger vertrauter Freund, einziges Wesen, das ich für würdig halte, mein Verbündeter und mein Feind zu sein, immer wechselnd und immer Dir selbst ähnlich, immer unbegreiflich , immer ein Rätsel! Du, den ich mit ganzer Hingabe meiner Seele liebe, in dessen Bild ich mich selbst schaffe, warum zeigst Du Dich nicht? Ich bettle nicht, ich rufe Dich nicht demütig an, dass Du Dich so oder so zeigen solltest, eine solche Gottesanbetung wäre ja Abgötterei und Dir nicht behaglich — ich fordere Dich zum Streit auf, — warum zeigst Du Dich nicht? Oder hat die Unruhe des Weltalls sich gelegt, ist ein Rätsel gelöst, dass auch Du Dich in das Meer der Ewigkeit gestürzt hast? Furchtbarer Gedanke, so ist ja die Welt vor Langeweile stehen geblieben. Verdammter Zufall, ich erwarte Dich. Ich will Dich

nicht durch Prinzipien, oder was die Narren
Charakter nennen, besiegen. Nein, ich will Dich
dichten. Ich will nicht ein Dichter für andere sein,
zeige Dich, ich dichte Dich, ich zehre mein eigenes
Gedicht auf, und das ist meine Nahrung. Oder
findest Du mich nicht würdig? Wie eine Bajadere
zur Ehre Gottes tanzt, so habe ich mich Deinem
Dienst geweiht. Leicht, dünn gekleidet, geschmeidig, unbewaffnet, entsage ich allem. Ich besitze
nichts, ich will nichts besitzen, ich liebe nichts, ich
habe nichts zu verlieren, aber bin ich dadurch Deiner würdiger geworden, Du, der wohl vor langer
Zeit müde geworden ist, den Menschen das zu entreissen, was ihnen lieb ist, müde von ihren feigen
Seufzern und Gebeten. Überrasche mich, ich bin
bereit, kein Einsatz, lass uns nicht um die Ehre
streiten. Zeige sie mir, zeige mir eine Möglichkeit,
die eine Unmöglichkeit scheint, zeige sie mir in
dem Schatten der Unterwelt; ich hole sie herauf,
lass sie mich hassen, mich verachten, gegen mich
gleichgültig sein, einen anderen lieben, ich fürchte
mich nicht; aber bewege das Wasser, brich die
Stille ab, so in dieser Weise mich auszuhungern,
ist elend von Dir, der sich einbildet, stärker als ich
zu sein.

6. Mai. Der Frühling ist da. Alles schlägt aus, auch
die jungen Mädchen. Die Mäntel werden fortgelegt,
vermutlich wird mein grüner auch fortgelegt. Das

kommt davon, wenn man ein Mädchen auf der Strasse
kennen lernt und nicht im Salon, wo man sofort
Bescheid bekommt, aus welcher Familie sie ist, wo
sie wohnt, ob sie verlobt ist. — Das letzte ist eine
sehr wichtige Auskunft für alle ruhigen und ernst-
haften Freier, denen es nie einfällt, in ein verlobtes
Mädchen verliebt zu werden. So ein Passgänger
würde in tödlicher Angst sein, wenn er an meiner
Stelle wäre, er wäre ganz zerstört, wenn seine Be-
strebungen, sich Aufklärung zu verschaffen, vom
Glück gekrönt würden, und wenn er noch dazu er-
führe, dass sie verlobt wäre. Mich kümmert das
nicht viel. Ein Verlobter ist nur eine komische
Schwierigkeit. Ich fürchte weder komische noch
tragische Schwierigkeiten. Was ich fürchte, ist nur
die Langeweile. Noch habe ich keine einzige Auskunft erlangt, trotzdem ich gewiss nichts versäumte
und oft fühlte ich die Wahrheit des Dichterwortes:
nox et hiems longaeque viae saevique dolores mol-
libus his castris, et labor omnis inest.
Vielleicht wohnt sie gar nicht hier in der Stadt,
vielleicht ist sie vom Lande, vielleicht, vielleicht,
ich kann wahnsinnig über alle diese „vielleicht“
werden, und je rasender ich werde, desto mehr „vielleicht“! Immer habe ich Geld liegen, um eine Reise
zu machen. Vergebens suche ich sie im Theater,
auf Konzerten, Bällen, Promenaden. In einem gewissen Grad freut es mich, denn ein junges Mädchen, das an vielen Vergnügen teilnimmt, ist ge-

wöhnlich nicht wert, erobert zu werden; ihr fehlt
meistens Ursprünglichkeit, welches für mich ein
conditio sine qua non ist und bleibt. Es ist nicht
so unmöglich, unter Zigeunern eine Preciosa zu
finden, als in den Ballsälen, wo junge Mädchen sich
zum Verkauf bieten — in aller Unschuld natürlich,
Gott behüte, wer sagt etwas anderes!

12. Mai. Ja, mein Kind, warum blieben Sie nicht
ruhig unter dem Thor stehen. Es ist gar nichts Auf-
fallendes, wenn junge Mädchen beim Regenwetter
sich unter ein Thor stellen. Das thue ich auch, wenn
ich kein Parapluie habe, zuweilen auch, wenn ich es
habe, wie jetzt zum Beispiel. Übrigens weiss ich
mehrere geachtete Damen, die es ohne Bedenken
thun. Man bleibt ganz ruhig stehen, kehrt den
Rücken gegen die Strasse, so dass die Vorüber-
gehenden nicht einmal wissen, ob man da steht
oder ob man im Begriff ist, zu jemanden ins Haus
zu gehen. Dagegen unvorsichtig ist es, sich hinter
das Thor zu verbergen, wenn dieses noch dazu halb
offen steht, das ist unvorsichtig wegen der Folgen;
denn je mehr man sich versteckt, desto unangeneh-
mer ist es, überrascht zu werden. Hat man sich
indessen versteckt, so muss man ganz ruhig stehen
bleiben, sich seinem guten Genius und Schutzengel
empfehlen, besonders muss man nicht immer hinaus-
gucken, — um zu sehen, ob der Regen vorbei ist.
Will man das nämlich wissen, so macht man ent-

schlossen einen Schritt vorwärts und schaut den
Himmel ernst an. Wenn man dagegen ein bischen
neugierig, verlegen, ängstlich, unsicher den Kopf
vorsteckt und zurückzieht, — so versteht jedes Kind
diese Bewegung, man nennt dieses „Verstecken spielen“. Und ich, der immer gern mitspielt, ich würde
nicht antworten, wenn ich gefragt würde.... Glauben Sie jedoch nicht, dass ich einem beleidigenden
Gedanken über Sie Raum gebe. Sie hatten nicht
die fernste Absicht, den Kopf herauszustrecken, das
war die unschuldigste Sache von der Welt. Als
Gegenleistung dürfen Sie mich nicht in Ihren Gedanken beleidigen, mein guter Name und mein Ruf
erträgt das nicht. Ich rate Ihnen, nie einem Menschen von dieser Begebenheit zu sprechen. Auf Ihrer
Seite wäre das Unrecht. Ich habe nichts anderes
zu thun gedacht, als was jeder Kavalier thun würde,
Ihnen mein Parapluie anzubieten.... — — Wo ist
sie hin verschwunden? Brillant, sie hat sich in der
Thür des Hausmeisters versteckt. — Es ist ein wun-
dervolles kleines Mädchen, so munter und zufrieden.
— „Vielleicht könnten Sie mir über eine junge
Dame Aufklärung geben, die in diesem heiligen
Moment den Kopf aus dem Thor heraussteckte, die
sicher wegen eines Parapluies in Verlegenheit ist,
ich und mein Parapluie suchen sie.“ — „Sie lachen,
erlauben Sie vielleicht, dass ich morgen meinen
Diener schicke und es abholen lasse, oder wünschen
Sie, dass ich einen Wagen für Sie holen soll?“ —

Keinen Dank, es ist nur schuldige Höflichkeit. —
Sie ist eine von den fröhlichsten Mädchen, die ich
seit langem gesehen, ihr Blick ist so kindlich und
zugleich so herausfordernd, ihr Wesen entzückend
sittsam und doch ist sie neugierig. Ziehe in Frieden, mein Kind, wenn nicht ein grüner Mantel
wäre, hätte ich wohl gern die nähere Bekanntschaft
mit Dir gewünscht. — Sie geht die grosse Strasse
hinunter, wie unschuldig, wie vertrauensvoll war
sie, keine Spur von Prüderie. Wie leicht sie geht,
wie keck sie den Nacken wirft, — der grüne Mantel
fordert Selbstüberwindung. —

15. Mai. Danke, guter Zufall, nimm meinen Dank.
Schlank war sie und stolz, geheimnisvoll und gedanken-
reich war sie wie eine Tanne, wie ein Sprössling, wie
ein Gedanke, der tief aus dem Innern der Erde nach
dem Himmel emporstrebt. Unerklärlich, sich selbst
unerklärlich, ein Ganzes, das keine Teile hat. Die Buche
hat eine Krone, ihre Blätter erzählen, was unter ihr
vorgegangen ist, die Tanne hat keine Krone, keine
Geschichte, und ist sich selbst ein Rätsel — so
war auch sie. Sie war sie selbst, in sich selbst
verborgen. Selbst stieg sie aus sich selbst heraus,
ein ruhiger Stolz war in ihr, wie die dreiste Bieg-
samkeit der Tanne, trotzdem sie an die Erde gefesselt ist. Eine Wehmut war über sie gebreitet,
wie das Gurren der Waldtaube. Eine tiefe Sehnsucht, die nichts wünschte, ein Rätsel war sie, ein

Rätsel, das selbst seine eigene Auflösung besass,
ein Geheimnis. Und was sind die Geheimnisse
aller Diplomaten gegen dieses, ein Rätsel. Und
was ist in der Welt so schön als das Wort, das
das Rätsel löst. Wo ist doch die Sprache so bezeichnend, so prägnant, wie in diesem Wort „lösen"!
Welcher Doppelsinn liegt nicht darin, wie schön
und wie stark geht es nicht durch alle Kombina-
tionen, in denen dies Wort vorkommt. Wie der Reichtum der Seele ein Rätsel ist, so lange das Zungen-
band nicht gelöst ist, und dadurch das Rätsel löst,
so ist auch ein junges Mädchen ein Rätsel. — —
— — Danke, guter Zufall, nimm meinen Dank.
Wenn ich sie in der Winterzeit zu sehen bekommen
hätte, da wäre sie wohl in ihren grünen Mantel
eingewickelt gewesen, vielleicht ganz erfroren und
die Bitterkeit der Natur hätte ihr die Schönheit
vermindert. Aber jetzt, welches Glück! Ich bekam
sie zum ersten Mal im Frühling, in der schönsten
Zeit des Jahres, zu sehen, bei Nachmittagsbeleuch-
tung. Der Winter hat natürlich auch seine Vorteile.
Ein brillant erleuchteter Ballsaal kann gut ein schöner
Rahmen für ein zum Ball gekleidetes junges Mädchen
sein; aber teils zeigt sie sich hier selten ganz zu
ihrem Vorteil, eben weil alles sie dazu auffordert
und ob sie dieser Aufforderung nachgiebt oder
Widerstand leistet, beides wirkt störend; teils erinnert alles an Eitelkeit und Vergänglichkeit, und
ruft eine Ungeduld hervor, die den Genuss minder

42

erfrischend macht. Zu gewissen Zeiten möchte ich
zwar einen Ballsaal entbehren, aber ich möchte nicht
seinen kostbaren Luxus vermissen, seinen reichen
Überfluss an Jugend und Schönheit, sein wechseln-
des Spiel von Elementen, ich geniesse dort jedoch
nicht so viel, weil ich nur in Möglichkeiten wühle.
Es ist nicht eine einzige Schönheit, die dort fesselt,
aber das Ganze. Ein Traumbild schwebt an einem
vorbei; worin alle diese weiblichen Wesen sich zu-
sammenmischen, und alle diese Bewegungen suchen
etwas, suchen Ruhe in einem Bild, das nicht geschehen wird.
Es war auf dem Wege zwischen dem Nord- und
Ostthor. Es mochte ungefähr halb Sieben sein. Die
Sonne hatte ihre Kraft verloren, nur die Erinnerung
an den Tag leuchtete noch aus dem sanften Abend-
rot, und die Landschaft war purpurn gefärbt. Die
Natur atmete freier. Die See war klar wie ein
Glas, die hübschen Gebäude des Bleydammen spie-
gelten sich im Wasser, das Wasser war in langen
Streifen wie Metall dunkel. Der Pfad und die Gebäude des anderen Ufers wurden von schwachen
Sonnenstrahlen gezeichnet. Nur hie und da eine
leichte Wolke am reinen Himmel, und ihre Bilder
glitten hin und verschwanden auf der blanken Stirn
der See. Kein Blatt bewegte sich an den Ufern. —
Sie war es. Mein Auge betrog mich nicht, doch
trotzdem ich mich lange auf diese Stunde vorbereitet hatte, konnte ich meine Unruhe nicht be-

herrschen. In mir war ein Steigen und Fallen, wie
das der Lerche, die über den nahen Feldern mit
ihrem Liede stieg und fiel. Sie war allein, wie sie
gekleidet war, habe ich vergessen und doch habe
ich ein Bild von ihr. Sie war allein, und schien
nicht mit sich, sondern mit ihren Gedanken allein
zu sein. Sie dachte nicht, aber die Gedanken hatten
ein ersehntes Bild vor ihrer Seele auftauchen lassen,
ahnungsvoll und unerklärlich, wie die Seufzer eines
jungen Mädchens. Sie stand in ihrer schönsten
Zeit. Ein junges Mädchen entwickelt sich in man-
cher Hinsicht nicht wie ein Knabe, sie wächst nicht,
sie wird geboren. Ein Knabe fängt sofort an, sich
zu entwickeln und braucht dazu lange Zeit, ein
junges Mädchen wird lange geboren und wird erwachsen geboren. Darin liegt ihr unendlicher Reichtum; im Augenblick, wo sie geboren wird, ist sie
erwachsen, aber dieser Geburtsaugenblick kommt
spät. Daher wird sie zweimal geboren, das zweite
Mal ist dann, wenn sie sich verheiratet, oder besser:
in diesem Augenblick hört sie auf, geboren zu werden, erst in diesem Augenblick ist sie geboren. So
geht es nicht nur der Minerva, die vollendet aus
Jupiters Stirn springt, nicht bloss der Juno, die in
vollem Reiz aus dem Meere auftaucht, so geht es
jedem jungen Mädchen, deren Weiblichkeit nicht
durch das, was man Entwicklung nennt, verdorben
wurde. Sie erwacht nicht allmählich, sondern mit
einem Mal. Dagegen träumt sie um so länger, wenn

44

die Menschen nicht so unvernünftig sind, sie zu
früh zu wecken. Dieses Träumen ist ein unendliches Reichsein.
Sie war beschäftigt, aber nicht mit sich selbst, sondern in sich selber, und dies innere Arbeiten ihrer
Seele war ein unendlicher Friede, eine tiefe Ruhe
in sich selber. Das ist eines jungen Mädchens
Reichtum, nimmt man diesen Reichtum auf, wird
man selbst reich davon. Sie ist reich, ohne zu
wissen, was sie besitzt, sie ist reich und ist ein
Schatz. Ein stiller Friede war über ihr, und ein
zarter Schatten von Wehmut verklärte sie.
Sie schien mir so leicht, als könnte man sie mit
einem Blick aufheben, leicht wie Psyche, von der
man sagt, Genien können sie forttragen, ja sie war
noch leichter, denn sie trug sich selbst fort. Mögen
die Kirchenväter über die Himmelfahrt der Madonna
streiten, mir ist es nicht unbegreiflich, aber die
Leichtigkeit eines jungen Mädchens ist mir unbegreiflich, und spottet allen Gesetzen der Schwere.
Sie bemerkte nichts und glaubte sich deshalb auch
unbemerkt. Ich ging von weitem und verschlang
ihr Bild. Sie ging langsam, keine Hast störte ihren
Frieden oder die Umgebung. Ein Knabe sass am
See und angelte, sie blieb stehen, betrachtete den
Wasserspiegel und den Kork der Angelschnur. Sie
war nicht rasch gegangen, aber sie schien doch
warm geworden zu sein, und knüpfte ein kleines
Tuch am Hals unter ihrem Shawl auf. Dem Knaben

gefiel es wahrscheinlich nicht, dass er beobachtet
wurde und schaute sich mit einem gelangweilten
Ausdruck nach ihr um. Der kleine Kerl sah dabei
so komisch aus, so dass sie über ihn lachen musste.
Und wie jugendlich sie lachte! Ihr Auge war gross
und leuchtend, mit einem tiefdunkeln Spiegel, in
dem man Tiefes ahnen konnte, aber er liess sich
nicht durchdringen, das Auge war rein und voll
Unschuld, sanft und ruhig, und schelmisch, wenn
sie lächelte. Ihre Nase war fein gebogen, von der
Seite betrachtet, wurde sie etwas kürzer und kecker.
Sie ging weiter gegen das Ostthor. Ich ging ihr
nach, glücklicherweise waren mehrere Spaziergänger
auf dem Weg, ich sprach bald mit dem einen und
dem andern, und liess sie dadurch einen kleinen
Vorsprung gewinnen, ich holte sie dann bald wieder
ein, und brauchte auf diese Weise nicht immer
gleichen Abstand mit ihr zu halten. Gern hätte ich
sie, ohne selbst gesehen zu werden, näher gesehen.
Von einem Hause einer mir bekannten Familie aus,
das am Wege liegt, wäre das leicht möglich gewesen. Ich musste derselben also nur einen kurzen
Besuch machen. Mit schnellen Schritten, als ob
ich sie gar nicht bemerkte, eilte ich an ihr vorüber.
Ich überholte sie eine gute Strecke, begrüsste die
Familie und stellte mich am Fenster, das nach der
Strasse zu ging, scheinbar absichtslos, auf. Sie kam,
ich sah sie an, betrachtete sie wieder und noch
einmal, zugleich unterhielt ich mich mit der in der

Wohnstube am Theetisch sitzenden Gesellschaft. Ihr
Gang überzeugte mich, sie hatte noch keinen Tanz-
unterricht genommen, denn sie ging mit Stolz und
natürlichem Adel und ohne Aufmerksamkeit auf sich
selbst. Ich konnte von dem Fenster nicht die ganze
Strasse sehen, nur eine kurze Strecke davon, und
eine zum See führende Brücke. Zu meiner Überraschung entdeckte ich sie bald dort. Wohnte sie vielleicht draussen auf dem Lande? Vielleicht wohnte ihre
Familie dort für den Sommer. Da ich sie am äussersten
Brückenende sah, schien mir wie ein Zeichen, als
müsse sie jetzt wieder für mich verschwinden.
Siehe, da zeigt sie sich wieder ganz nahe. Sie war
an dem Haus vorbeigegangen und ich greife rasch
nach Hut und Stock, um ihr zu folgen, zu erfahren,
wo sie wohne — als ich in meiner Hast gegen die
Dame, die den Thee reicht, anrenne. Ich höre
einen fürchterlichen Schrei, habe aber nur den
einen Gedanken, wie ich glücklich hinauskomme;
um einen Rückzug zu entschuldigen, sage ich pa-
thetisch: „wie Kain will ich den Ort fliehen, an
welchem dieses Theewasser verschüttet wurde.“
Aber wie wenn alles gegen mich sich verschworen
hätte, kommt der Wirt auf die verzweifelte Idee,
sich an meine Bemerkung zu hängen und erklärt
feierlich, er würde mir das Haus zu verlassen nicht
eher erlauben, als bis ich eine Tasse Thee getrunken
und den Damen selber den Thee gereicht habe,
nur dadurch könne ich alles gut machen. Ich war

davon überzeugt, man werde es als Pflicht der Höflichkeit betrachten, Gewalt anzuwenden, wenn ich nicht willig folgte, und so musste ich bleiben. — Sie war verschwunden.

16. Mai. Wie schön ist es, verliebt zu sein, wie sonderbar, zu wissen, dass man es ist! Das ist der Unterschied. Mich kann der Gedanke verrückt machen, dass sie mir zum zweitenmal verloren gegangen und doch machte es mir auch wieder Freude. Ihr Bild schwebt unbestimmt vor meiner Seele; und dass dieses traumhaft vage Bild doch in Wirklichkeiten ruht, dies gerade hat etwas Zauberhaftes. Ich bin nicht ungeduldig, denn sie muss ja in der Stadt wohnen, und das ist mir für den Augenblick genug. Ihr wirkliches Bild muss sich ja zeigen. Alles will in langsamen Zügen genossen sein. Und sollte ich anders als ruhig sein? Sicher, die Götter müssen mich lieben. Denn mir ist das seltene Glück geschenkt, dass ich noch einmal verliebt bin. Nicht Kunst, nicht Lernen kann das hervorbringen, es ist ein seliges Geschenk. Nun will ich sehen, wie lange die Liebe sich erhalten lässt. Ich liebkose diese Liebe, wie ich es nicht bei der ersten gethan habe. Die Gelegenheit zeigt sich so selten, dann aber muss man sie auch festhalten; denn dieses ist das Verzweifelte: es ist keine Kunst, ein Mädchen zu verführen, wohl aber eine zu finden, die es wert wäre, dass man sie verführe.

Die Liebe hat viele Mysterien und auch dieses erste
Verliebtsein ist ein Mysterium, wenn auch nicht
das grösste. Die meisten Menschen rasen den Liebes-
weg, sie verloben sich oder machen andere Dummheiten, und im Handwenden ist alles zu Ende; sie
wissen weder, was sie erbeutet, noch was sie verloren haben. Zweimal hat sie sich mir nun gezeigt
und ist wieder verschwunden: sie wird sich bald
öfter zeigen. Als Joseph Pharaos Traum deutete,
fügte er hinzu: „da aber dem Pharao zum andern
Mal geträumt hat, bedeutet, dass solches Gott ge-
wisslich und eilend erfüllen wird.“
Es müsste interessant sein, die Kräfte, die das Men-
schenleben bewegen, etwas vorauszuerkennen. Sie
lebt nun in stillem Frieden hin, ahnt nichts von
meinem Dasein, nichts von dem, was in mir vor-
geht und nichts von der Sicherheit, mit der ich in
ihre Zukunft hineinblicke; denn meine Seele verlangt mehr und mehr Wirklichkeiten; dieser Wunsch
wird immer stärker. Wenn ein Mädchen nicht gleich
das erste Mal so tiefen Eindruck auf einen macht,
dass sie das Traumbild weckt, so ist die Wirklichkeit im allgemeinen nicht sonderlich wünschenswert;
thut sie es aber, dann ist man bei aller Erfahrung
doch etwas überwältigt. Wer nun seiner Hand,
seines Auges und seines Sieges nicht ganz sicher
ist, dem rate ich, seinen Angriff in dem ersten Zustand zu wagen, indem er, weil er überwältigt ist,
auch übernatürliche Kräfte besitzt; denn dieses

Überwältigtsein ist eine sonderbare Mischung von Mitgefühl und Eigenliebe. Ein Genuss aber wird ihm entgehen: er geniesst die Situation nicht, da er selber von ihr ergriffen, in ihr verborgen ist. Das Schönste ist immer schwierig, das Interessanteste leicht abzumachen. Aber es ist immer gut, der Sache so nahe wie möglich zu kommen. Das ist der wahre Genuss, und was andere geniessen, verstehe ich nicht. Der Besitz allein ist etwas geringes, und auch die Mittel, welche solche Verliebte gebrauchen, sind meist erbärmlich genug; sie verschmähen nicht einmal Geld, Macht, Fremdeneinfluss, selbst nicht ein Opiat. Aber welchen Genuss gewährt eine Liebe, wenn sie nicht die absolute Hingebung in sich schliesst, ich meine von der einen Seite! Aber dazu gehört in der Regel Geist und der fehlt jenen Liebhabern gewöhnlich.

19. Mai. Cordelia heisst sie also, Cordelia! Das ist ein schöner Name und auch dies ist wichtig, denn es kann oft sehr störend sein, wenn man bei den zärtlichsten Prädikaten einen hässlichen Namen nennen muss. Ich erkannte sie schon von weitem. Sie ging mit zwei anderen Mädchen auf dem linken Trottoir. Man sah es ihnen an, dass sie bald stehen bleiben würden. Ich stand an der Strassenecke und studierte ein Plakat, während ich unausgesetzt meine schöne Unbekannte im Auge behielt. Sie nahmen voneinander Abschied. Die beiden schlugen den ent-

gegengesetzten Weg ein. Nachdem sie einige Schritte
weit gegangen waren, lief die eine von ihnen noch
einmal zurück, hinter ihr her und rief so laut, dass
ich es hören konnte: Cordelia, Cordelia! Dann kam
auch noch die dritte wieder, und sie flüsterten leise
miteinander, als wären sie zu einem geheimen Rat
versammelt. Ich spitzte vergebens die Ohren, um
etwas zu hören. Nun lachten alle drei und eilten
in etwas rascherem Tempo den Weg, den die beiden
schon vorher eingeschlagen hatten. Ich folgte. Sie
gingen in ein Haus am Strande. Ich wartete eine
Weile, da ja aller Wahrscheinlichkeit nach Cordelia
allein bald zurückkehren musste. Das geschah jedoch
nicht.

Cordelia! Wirklich ein vortrefflicher Name! So
hiess ja auch König Lears dritte Tochter, jene ausgezeichnete Jungfrau, deren Herz nicht auf ihren
Lippen wohnte, deren Lippen stumm waren, obgleich ihr Herz so warm schlug. So auch mit meiner Cordelia. Sie gleicht ihr, davon bin ich fest
überzeugt; dagegen wohnt ihr Herz doch auf ihren
Lippen, im Worte nicht, aber im Kuss. Wie schwellte
Gesundheit nicht ihre Lippen! Nie sah ich schönere.
Dass ich wirklich verliebt bin, sehe ich unter anderem auch daran, dass ich diese Sache vor mir
selber so geheimnisvoll behandle. Alle Liebe, selbst
die treulose, ist geheimnisvoll, wenn sie nur das
erforderliche ästhetische Moment in sich hat. Nie
fiel es mir ein, Vertrauten meine Abenteuer por-

tionsweise auszuteilen. So war es mir fast eine Freude, dass ich nicht erfuhr, wo sie wohnte, aber einen kannte, wo sie öfters aus und ein gehen konnte. Vielleicht bin ich auch dadurch meinem Ziel etwas näher gekommen. Ich kann, ohne dass sie es merkt, meine Beobachtungen machen und von diesem sicheren Punkt aus wird es nicht schwer werden, bei ihrer Familie Eingang zu finden. Sollte aber auch dies seine Schwierigkeiten haben — eh bien! ich nehme auch die Schwierigkeiten auf mich. Alles, was ich thue, thue ich con amore; und so liebe ich auch con amore.

20. Mai. Heute habe ich das Haus, in dem sie verschwand, kennen gelernt. Eine Witwe mit drei vortrefflichen Töchtern. Hier kann man alles erfahren, alles, wenigstens was sie selber wissen. Schwierig nur, den Bescheid zu verstehen, denn sie sprechen alle drei auf einmal. Sie heisst Cordelia Wahl und ist die Tochter eines Kapitäns der Marine. Er ist vor einigen Jahren gestorben, die Mutter auch. Er war ein sehr harter nnd strenger Mann. Sie lebt nun bei ihrer Tante, der Schwester ihres verstorbenen Vaters; sie soll ihrem Bruder sehr ähnlich, sonst aber eine ausgezeichnete Frau sein. Dies ist alles gut und schön, aber mehr wissen sie nicht, denn sie kommen nie in das Haus; nur Cordelia kommt öfters zu ihnen. Sie und die beiden Mädchen lernen miteinander das Kochen in der könig-

lichen Küche. Sie kommt daher meistens früh am
Nachmittag, zuweilen auch vormittags, aber niemals
abends. Sie leben sehr zurückgezogen.

Hier hat also die Geschichte ein Ende und es zeigt
sich keine Brücke, die mich in Cordelias Haus
führen könnte.

Sie weiss etwas von den Schmerzen des Lebens, sie
kennt seine Schattenseiten. Wer hätte das von ihr
geglaubt. Doch gehören diese Erinnerungen wohl
einem früheren Alter an, es ist ein Himmel, unter
dem sie selbst gelebt hat, ohne ihn zu bemerken.
Sehr gut, es hat ihr Weibtum bewahrt, sie ist nicht
verdorben. Anderseits wird es auch für ihre weitere
Erziehung von Bedeutung sein, wenn man recht
versteht, es hervorzurufen. Alles das macht stolz,
wenn es Einen nicht bricht und sie ist nicht im
mindesten gebrochen.

21. Mai. Sie wohnt am Wall. Die Verhältnisse sind
nicht günstig; sie hat kein vis-à-vis, dessen Bekanntschaft man machen könnte, auch kann man
hier nicht gut unbemerkt seine Beobachtungen machen.
Der Wall selbst ist kein geeigneter Platz, man wird
zu leicht selbst gesehen. Geht man unten auf der
Strasse, kann man nicht ganz nahe am Wall gehen,
da dort niemand geht und man zu sehr auffallen
würde, und geht man wie gewöhnlich direkt an den
Häusern, sieht man selbst nichts. Die Fenster zum
Hof kann man von der Strasse sehen, weil das

Haus kein vis-à-vis hat. Wahrscheinlich ist ihr
Schlafzimmer dort.

22. Mai. Heute sah ich sie zum erstenmal bei Frau
Jansen. Ich wurde ihr vorgestellt. Es schien mir,
sie achtete nicht viel auf mich. Um recht aufmerksam sein zu können, verhielt ich mich ganz ruhig.
Nur einen Augenblick blieb sie, denn sie holte die
Töchter ab, um zur königlichen Küche mit ihnen
zu gehen. Während die Damen Jansen sich an-
zogen, blieben wir allein im Zimmer, und ich rich-
tete mit einer kalten fast beleidigenden Gemütsruhe
einige Worte an sie, die sie mit einer Höflichkeit
beantwortete, die mir unverdient schien. Dann gingen
sie. Ich hätte mich ihnen zur Begleitung anbieten
können, aber ich mochte nicht in ihren Augen nur
als Kavalier auftreten, denn dadurch, das war mir
klar, gewinne ich nie etwas. Ich zog vor, im Augenblick, wo sie gegangen war, auch zu gehen, ich
ging viel schneller als die Damen und einen andern
Weg, aber auch nach der Küche des Königs. So
dass eben, wie sie um die Ecke der Königstrasse
bog, ich in grösster Eile an ihr vorbeischoss, zu
ihrem höchsten Erstaunen, ohne zu grüssen.

23. Mai. Ich muss mir in dem Hause Zugang verschaffen. Es geht nicht anders. Weitläufig und
schwierig wird es werden. Keine Familie kenne
ich, die so zurückgezogen lebt. Nur sie und die

Tante sind da. Sie hat keine Brüder, keine Vettern,
keine entfernten Verwandten, mit denen man an-
binden könnte. Es ist thöricht, dass sie so abge-
schieden leben. Man nimmt der Ärmsten jede Gelegenheit, die Welt kennen zu lernen. Das muss
sich einmal rächen. Durch solche Abgeschiedenheit
sichert man sich wohl gegen kleine Diebe. Denn
in dem Hause, wo viel Leute aus und ein gehen,
macht die Gelegenheit Diebe. Indessen was hat
das zu sagen, bei solchem Mädchen ist nicht viel
zu holen. Im sechzehnten Lebensjahre stehen in
solchen Herzen schon so viel Herzen eingeschrieben,
das ist mir gleich, ob ich da dabei bin. Ich kratze
nie meinen Namen in eine Fensterscheibe oder in
einen Baum oder in eine Bank in Friedrichsberg.

27. Mai. Ich bin mehr und mehr überzeugt, sie
ist eine ganz alleinstehende Figur. Ein Mann darf
nicht so sein, ein Jüngling auch nicht. Seine Entwicklung beruht meistens auf dem Nachdenken, deshalb muss er mit andern Leuten in Verkehr
stehen. Interessante Mädchen mag ich nicht. Denn
das Interessante entsteht aus dem Nachdenken über
sich selbst, ebenso wie das Interessante in der Kunst
immer den Künstler zeigt. Eine junge Dame, die
durch Interessantsein gefallen möchte, gefällt zuerst
nur sich selbst. Dieses missfällt und das hat die
Ästhetik gegen alles Kokettieren einzuwenden. Mit
dem uneigentlichen Kokettieren, da ist es etwas

anderes, wenn es aus der Natürlichkeit hervorgeht,
wie bei der jungfräulichen Schüchternheit; sie ist
die schönste Koketterie. Wohl gefällt manchmal ein
interessantes junges Mädchen, aber ebenso wie sie ohne
Weiblichkeit ist, sind die Männer, denen solches
Mädchen gefällt, unmännlich. Für das Weib ist es
viel wesentlicher, in seiner Jugend allein zu stehen,
als für den Mann; es muss sich selbst genug sein
können, wenn das auch nur eine Illusion ist. Die
Natur hat durch diese Kraft die Frau wie eine
Königstochter ausgestattet. Diese Ruhe der Illusion
macht die Frau abgesondert. Oft habe ich darüber
nachgedacht, für ein junges Mädchen giebt es nichts
Verderblicheres, als den Umgang mit anderen jungen
Mädchen. Der Grund ist wohl der, dass dieser Umgang nichts Ganzes ist. Die tiefste Bestimmung des
Weibes ist, Gesellschafterin des Mannes zu sein;
aber durch zu viel Verkehr mit dem eigenen Geschlecht kommt sie zu Gedanken, die sie statt zur
Gesellschafterin zur Gesellschaftsdame machen. In
dieser Beziehung ist der Ausdruck, den die Sprache
anwendet, sehr bezeichnend. Der Mann heisst „Herr“,
aber das Weib wird nicht Dienerin oder etwas ähnliches genannt. Sie ist Gesellschaft und sonst nichts
anderes. Nicht einmal Gesellschafterin. Sollte ich
mir das Ideal einer Jungfrau vorstellen, so müsste
sie immer in der Welt allein stehen, und so nur
auf sich angewiesen sein, vor allem dürfte sie keine
Freundinnen haben. Es gab zwar drei Grazien,

aber man stellt sich doch nie vor, dass sie miteinander sprachen. Sie bilden in schweigender Dreiheit eine schöne weibliche Einheit. Man möchte fast Käfige für Jungfrauen bauen wollen, wenn solcher Zwang nicht ebenso schädlich wäre. Ein junges Mädchen muss Freiheit, aber keine Gelegenheit zur Benutzung derselben bekommen. Dadurch wird sie schön und hütet sich, interessant zu werden. Jungen Mädchen, die viel mit anderen jungen Mädchen verkehren, giebt man vergeblich einen Braut- oder Jungfrauenschleier. Aber ein unschuldiges Mädchen scheint einem ohne Schleier in tiefster Bedeutung des Wortes immer verschleiert.

Streng erzogen ist sie, daher achte ich sehr ihre Eltern, wenn sie auch schon im Grab sind. Ich möchte ihre Tante dafür umarmen und ihr danken. Sie hat nicht die Freuden der Welt kennen gelernt und ist deshalb nicht blasiert. Stolz ist sie und fragt nicht darnach, was andere junge Mädchen neugierig macht, es muss so sein. Aus Schmuck und Toilette macht sie sich nichts, wie die anderen Mädchen. Sie ist etwas polemisch, das ist aber für eine junge Dame ein notwendiges Palliativ. Ihre Welt ist die Phantasie. In verkehrten Händen würde sie ganz unweiblich, gerade weil sie so echt weiblich ist.


30. Mai. Unsere Wege kreuzen sich überall. Dreimal bin ich ihr heute begegnet. Ihre kleinsten Ausflüge bleiben mir nicht verborgen. Aber ich ziehe

keinen Nutzen daraus, um mit ihr zusammenzukommen. Ich gehe sehr verschwenderisch mit der Zeit um. Mehrere Stunden habe ich oft gewartet, um ihre peripherische Existenz zu tangieren. Weiss ich, dass sie zu Frau Jansen geht, so mag ich sie nicht gern treffen, wenn ich nicht gerade eine besonders wichtige Beobachtung zu machen habe. Ich gehe lieber etwas früher zu Frau Jansen, und begegne ihr in der Thür, oder an der Treppe, so dass sie ankommt und ich fortgehe und dann gleichgültig an ihr vorübergehe. Damit muss sie gefangen werden, das ist das erste Netz. Ich rede sie auch nicht auf der Strasse an, wechsele nur einen Gruss mit ihr, nähere mich aber niemals. Wahrscheinlich sind ihr unsere häufigen Begegnungen auffallend. Sie fängt an, den neuen Stern zu bemerken, der sich am Horizont gezeigt hat und in die Bahn ihres Lebenslaufes störend eingreift, aber keine Ahnung hat sie vom Gesetz seiner Bewegung. Oft ist sie jetzt versucht, sich nach der Seite umzusehen, um den Punkt zu suchen, auf den der neue Stern hinzielt, denn dass sie selbst das Ziel ist, weiss sie am wenigsten. Es geht ihr, wie es gewöhnlich meiner Umgebung geht, sie glauben, ich habe eine Menge Geschäfte, ich bin immer in Bewegung und ich sage wie Figaro, eins, zwei, drei, vier Intriguen auf einmal, das sei mein Geschmack. Ehe ich meinen Angriff beginne, muss ich ihren Charakter ganz kennen lernen. Meistens geniesst man junge Mädchen wie ein

Glas Champagner in dem Augenblick, wo er schäumt.
Das ist wohl ganz annehmlich und bei vielen jungen
Mädchen ist das das Höchste, was man dabei erhält,
aber in meinem Fall giebt es mehr zu holen. Nein,
erst muss man ein Mädchen dazu bringen, dass sie
nur eine Aufgabe kennt, sich dem Geliebten voll
hingeben zu wollen, dass sie in höchster Seligkeit
darum betteln möchte, dann erst bietet sie den echten
Genuss; dies erreicht man nur durch den seelischen
Eindruck.
Cordelia! Welch ein herrlicher Name. Zu Hause
sitze ich und übe den Namen wie ein Papagei, ich
sage: Cordelia, o Cordelia, meine Cordelia, Du meine
Cordelia. Wirklich, ich kann mir nicht helfen, ich
lächle schon im voraus bei dem Gedanken, mit
welcher Routine ich den Namen im entscheidenden
Augenblick aussprechen werde. Vorstudien muss
man immer machen, alles muss geordnet sein. Kein
Wunder, die Dichter schildern immer den Augenblick, in welchem die Liebenden durch das Hinunter-
tauchen in das Meer der Liebe den alten Menschen
ablegen, und nach dieser Taufe emporsteigen und
sich erst wirklich ganz und stark als alte Bekannte
ansehen, trotzdem sie doch erst einen Augenblick
alt sind. Dies ist der schönste Lebensaugenblick
für ein junges Mädchen. Und um diesen Augenblick recht geniessen zu können, muss man immer
möglichst darüber stehen, so dass man nicht nur
Täufling, sondern auch Priester ist. Ein bischen

Ironie macht den zweiten dieser Augenblicke zu einem der interessantesten, das ist eine geistige Entblösung. Man muss poetisch genug sein, um den Akt nicht zu stören und doch muss der Schelm immer auf der Lauer sein.

2. Juni. Stolz ist sie, ich habe es lange bemerkt. Ist sie mit den drei Jansen zusammen, so spricht sie sehr wenig, offenbar ist ihr das Geplauder derselben langweilig, sie deutet das mit einem gewissen Lächeln um den Mund an. Und ich baue auf dieses Lächeln. Sie kann manchmal — zum Erstaunen der Jansen — knabenhaft wild sein. Mir ist das, wenn ich dabei an ihr Kindheitsleben denke, nicht unbegreiflich. Ihr einziger Bruder war nur ein Jahr älter. Sie ist bei Vater und Bruder nur Zeuge ernster Begebenheiten gewesen, das Gänsegeschnatter gefällt ihr deshalb nicht. Ihr Vater und ihre Mutter lebten nicht glücklich, was sonst einem jungen Mädchen gelächelt, lächelte ihr nicht. Vielleicht weiss sie gar nicht, was ein junges Mädchen ist. Es kann sein, sie wünscht manchmal sogar, ein Mann zu sein.
Phantasie hat sie, Seele und Leidenschaft, kurz alle Substantialitäten, aber nicht subjektiv reflektierte. Ein Zufall überzeugte mich heute davon. Sie spielt kein Instrument, sagte mir die Firma Jansen, das ginge gegen die Grundsätze der Tante. Ich habe das immer beklagt, denn Musik ist ein so gutes

Mittel, um mit einem jungen Mädchen in Verkehr
zu kommen. Heute ging ich hinauf zur Frau Jansen, hatte die Thür, ohne anzuklopfen, halb geöffnet,
das ist nämlich eine Unverschämtheit von mir, die
mir schon manchen guten Dienst geleistet hat, und
die ich, wenn es notwendig ist, durch eine Absur-
dität zu verbergen suche. Sie sass am Klavier allein
und spielte eine schwedische Melodie mit einem
Gesicht, als ob sie stehle. Sie spielte nicht zu Ende
und wurde ungeduldig, dann aber kamen wieder
weichere Töne. Es war ab und zu eine Leidenschaft in ihrem Spiel, die an Jungfrau Mittelil erinnerte, der, wenn sie die goldene Harfe spielte,
die Milch aus den Brüsten sprang. Ich schloss die
Thür und horchte draussen.
Ich hätte hineinstürzen und diesen Augenblick ergreifen können, doch es wäre thöricht gewesen. Erinnerung giebt ein gutes Konversationsmittel, und
auch was von ihr durchdrungen wird, wirkt doppelt.
— Oft findet man in Büchern eine kleine Blume.
Es war ein schöner Augenblick, der die kleine Blume
in das Buch legte, aber die Erinnerung ist noch
schöner.. Sie will wahrscheinlich nicht, dass man
weiss, dass sie spielen kann, oder sie spielt vielleicht
nur diese kleine schwedische Melodie, — die ein
besonderes Interesse für sie hat. Ich weiss das alles
nicht. Gerade deshalb ist diese Begebenheit besonders wichtig, spreche ich einmal vertraulicher
mit ihr, dann wird das Gift schon sein Werk thun.

3. Juni. Sie ist mir noch ein Rätsel, darum verhalte ich mich so ruhig, — wie im Feld ein Soldat, der sich auf die Erde wirft und auf das fernste Geräusch des anrückenden Feindes lauscht. Eigentlich existiere ich gar nicht für sie, nicht weil ein negatives Verhältnis zwischen uns besteht, sondern weil wir in gar keinem Verhältnis zu einander stehen. Ich habe noch kein Experiment gewagt. — Wie es im Roman heisst — sie sehen und lieben, war eins. Das wäre dann wahr, wenn die Liebe keine Dialektik hätte. In den Romanen erfährt man von wirklicher Liebesglut nur Lügen und Lügen, die nur unterhalten wollen.

Wenn ich an den Eindruck zurückdenke von dem, was ich bis jetzt gesehen und gehört habe, an den Eindruck, den ihr erstes Begegnen auf mich machte, so ist meine Vorstellung von ihr wohl modificiert, sowohl zu ihrem wie zu meinem Vorteil. Es ist nichts alltägliches, dass ein junges Mädchen so ganz allein geht, oder dass ein junges Mädchen so in sich selbst versunken ist. Geprüft von meiner strengsten Kritik, fand ich sie: reizend. Doch das war ein sehr flüchtiger Augenblick, wie der Tag, der vergangen ist, verschwindet er. In den Umgebungen, in denen sie lebte, hatte ich sie mir noch nicht vorgestellt und auch nie gedacht, dass sie mit den Lebensstürmen so unreflektiert vertraut war.

Wissen möchte ich doch, wie es mit ihren Gefühlen steht. Sie ist gewiss noch niemals verliebt gewesen, dazu ist ihr Geist zu hochfahrend, sie gehört am allerwenigsten zu jenen theoretisch hochfahrenden Jungfrauen, die sich schon lange vor der Zeit an den Gedanken gewöhnt haben, in den Armen eines geliebten Mannes zu ruhen. Die Menschen, die sie getroffen hat, konnten sie bis jetzt noch nicht in Unklarheit über Traum und Wirklichkeit bringen. Ihre Seele wird noch von dem göttlichen Ambrosia der Ideale genährt. Das Ideal aber, das ihr vorschwebt, ist nicht gerade eine Schäferin oder eine Romanheldin, sondern eine Jungfrau von Orleans oder etwas ähnliches.

Immer bleibt mir die Frage, ist ihre Weiblichkeit schon so stark, dass sie sich reflektieren lässt, oder will sie nur als Schönheit und Anmut genossen werden? Mit anderen Worten, darf man den Bogen straffer spannen? Ein Grosses ist es schon allein, wenn man eine reine unmittelbare Weiblichkeit findet, aber darf man Abänderungen riskieren, so hat man das Interessante. Man schafft ihr in solchem Fall am besten einen guten Freier in das Haus. Es ist ein Aberglaube, wenn man meint, so etwas schade einem jungen Mädchen. Sie ist eine sehr feine und zarte Pflanze, deren Leben nur den Reiz als Glanzpunkt hat, es ist das beste, sie hört nie etwas von der Liebe, ich würde mich keinen Augenblick bedenken, ihr einen Freier zu verschaffen, wenn sie noch keinen hat. Es wäre aber nichts erreicht, wenn der Freier eine Karrikatur wäre.

Ein junger, respektabler Mann muss er sein, wenn
möglich liebenswürdiger Natur, aber weniger muss
er sein, als ihre Leidenschaft fordert. Dann behält
sie Überblick über ihn, beginnt die Liebe zu verachten, ja zweifelt gar am Dasein der Liebe, da ihr
ein Ideal vor Augen schwebt und das wirkliche
Leben das nicht bietet. „Heisst das lieben," — sagt
sie — „dann ist nichts Grosses an der Liebe." Dann
wird sie stolz in ihrer Liebe und der Stolz macht
sie interessant; zugleich aber ist sie ihrem Sturz
näher als jemals, und das macht sie auch interessan-
ter, es durchstrahlt ihr Wesen mit einem höheren
Inkarnat. Es ist das Richtigste, ich verschaffe mir
erst Zugang zu ihrem Bekanntenkreis. Vielleicht
giebt es darunter einen ähnlichen Liebhaber. Zu
Hause hat sie keine Gelegenheit, denn es kommt
fast niemand, aber da sie doch auch ausgeht, lässt
sich vielleicht eine Gelegenheit schaffen. Ich will
ihn jetzt suchen, den Liebhaber. . . Ein feuriger
Held darf er nicht sein. Er darf nicht das Haus
stürmen wollen. Er muss wie ein Dieb sich in das
klösterliche Haus einzuschleichen verstehen.

Daher ist das strategische Prinzip, das Gesetz aller
Bewegung in diesem Feldzug, sie immer in einer
interessanten Situation zu berühren. Das Interessante
ist das Gebiet, auf welchem Krieg geführt werden
soll, die Potenz des Interessanten muss erschöpft
werden. Irre ich nicht, so ist auch ihre ganze Kon-
stitution darauf berechnet, so dass, was ich verlange,

64

gerade dasjenige ist, was sie giebt, und was sie verlangt. Erlauschen muss man, was der Einzelne geben
kann, und was er aus demselben Grunde verlangt.
Meine Liebesgeschichten haben darum immer eine
Realität für mich selbst, sie machen einen Lebens-
moment aus, eine Bildungsperiode, die ich genau
festgestellt habe, und diese oder jene Fertigkeit, die
ich dabei gelernt habe, knüpft sich daran. Um meiner ersten Liebe willen lernte ich tanzen. Die Ver-
anlassung, dass ich französisch lernte, war eine kleine
Tänzerin. Wie alle Thoren trug ich mich damals
zu Markt und wurde dafür oft angeführt. Jetzt verlange ich und mache meine Ansprüche.
Vielleicht hat sie jetzt genug von der einen interessanten Seite ihres Lebens, mir scheint, ihr zurück-
gezogenes Leben deutet darauf hin.
Also müssen wir eine andere aufsuchen, etwas, das
beim ersten Anschauen gar nicht interessant auszu-
sehen braucht, aber gerade daher es werden kann.
Ich wähle dazu nichts Poetisches, sondern etwas
Prosaisches. Damit fangen wir an. Ihre Weiblichkeit wird zuerst durch prosaische Verständlichkeit
und Spott neutralisiert, aber nicht direkt, sondern
indirekt, besonders durch das absolut Neutrale durch
den Geist. So verliert sie fast ihre Weiblichkeit
vor sich selber; dieser Zustand ist aber unhaltbar
für sie, sie wirft sich mir in die Arme, nicht mir
als Geliebter, nein, noch ganz neutral. Die Weiblichkeit erwacht wieder, wird bis zur höchsten

Elastizität gesteigert, man macht, dass sie gegen
diese oder jene Autorität einen Verstoss begeht, dadurch erreicht ihre Weiblichkeit eine fast übernatürliche Höhe, und mir gehört sie, mir mit glühender
Leidenschaft.

5. Juni.  In der That, ich brauchte nicht weit zu
gehen. Sie hat Verkehr mit dem Haus des Grossisten
Baseter.  Nicht nur sie fand ich hier, sondern auch
einen anderen Menschen, wie gerufen kam der mir.
Eduard, der Sohn des Hauses, ist sterblich in sie
verliebt, man braucht nur ein halbes Auge zu haben,
um es zu sehen.  Er ist im Kontor seines Vaters,
ein hübscher, angenehmer Mensch, etwas schüch-
tern, doch schadet ihm letzteres in ihren Augen
offenbar nicht.
Armer Eduard, wie er es mit seiner Liebe anfangen
soll, weiss er gar nicht.  Ist sie einmal abends da,
macht er allein nur wegen ihr Toilette, hat seinen
neuen schwarzen Anzug an, nur wegen ihr, blen-
dende Manschetten, alles wegen ihr, das macht in
der übrigen alltäglichen Gesellschaft, die nur im
Wohnzimmer zusammenkommt, einen fast lächerlichen Aufzug.  Unglaublich verlegen ist er dabei.
Wenn das eine Marke wäre, könnte Eduard mir ein
gefährlicher Nebenbuhler werden. Denn man muss
ein Künstler darin sein, die Verlegenheit sich dienst-
bar zu machen, man erreicht durch Verlegenheit
sehr viel.  Ich habe oft dadurch kleine Damen ge-

narrt. Im grossen und ganzen reden junge Mädchen immer sehr abfällig von verlegenen Männern, aber im geheimen lieben sie dieselben. Etwas Verlegenheit schmeichelt dem Selbstgefühl junger Damen, es giebt ihr Überlegenheit, — und das ist eine Art Anzahlung. Hat man sie so in den Schlaf gewiegt, so zeigt man bei einer Gelegenheit gerade, wo sie meint, man stürbe vor Verlegenheit, dass man gar nicht daran denkt, sondern sehr wohl seinen Weg findet. Man verliert durch Verlegenheit seine männliche Bedeutung, dieselbe ist ein ausgezeichnetes Mittel, das Unterschiedsverhältnis der Geschlechter zu neutralisieren. Aber merken sie, dass es bloss Maske war, dann erröten sie vor sich selber, sie fühlen gut, sie haben ihre Grenze überschritten. Dann ist es ihnen ungefähr, als wenn man einen Knaben zu lang als Kind behandelt hat.

7. Juni. Sind Eduard und ich Freunde? Ja, es ist eine wahre Freundschaft zwischen uns, ein schönes Verhältnis, seit den besten Tagen Griechenlands hat es nicht so bestanden. Vertraut wurden wir, und es bedurfte nicht vieler Umstände, er gestand mir sein Geheimnis. Es ist so selbstverständlich, dass einem im Augenblick des Vertrautwerdens die grössten Geheimnisse entschlüpfen. Armer Kerl, er hatte schon so lang geschmachtet. Immer wenn sie kommt, macht er Toilette, begleitet sie abends nach Hause, sein Herz klopft beim Gedanken, dass ihr Arm auf

seinem liegen wird. Sie gehen zusammen, sehen
zu den Sternen hinauf, er klingelt an ihrer Hausthüre, sie verschwindet, er verzweifelt, — aber hofft
auf bessere Zeiten. Niemals noch hat er den Mut
gefunden, sie in ihrem Haus zu besuchen, und die
Gelegenheit ist doch so günstig als möglich. Zwar
lache ich bei mir über Eduard, aber in seiner kind-
lichen Art ist etwas Schönes. Die erotischen Stadien kenne ich alle ziemlich genau, aber ich habe
noch nie an mir selbst solch zitternde Angst eines
liebenden Herzens beobachtet, ich meine so, dass
sie mir alle Fassung raubt, sie ist mir sonst nicht
unbekannt, mich macht die Angst stark. Vielleicht
bin ich noch nie recht verliebt gewesen? Das wird
es sein. Ich habe Eduard gescholten, sagte ihm,
verlasse Dich auf meine Freundschaft. Er soll morgen einen entscheidenden Schritt zu ihr thun, zu
ihr persönlich gehen und sie einladen. Ich soll ihn
begleiten, bat er mich; ich selbst habe ihn auf diese
verzweifelte Idee gebracht und bin bereit, seinen
Wunsch zu erfüllen. Darin sieht er einen ausserordentlichen Freundschaftsbeweis. Wie ich sie
wünschte, so ist jetzt die Gelegenheit, nämlich mit
der Thür ins Haus zu fallen. Sollte sie den geringsten Zweifel über die Bedeutung meines Auf-
tretens haben, so will ich sie mit meinem Benehmen
wieder ganz verwirren.
Auf eine Konversation brauchte ich mich früher
nie vorzubereiten, jetzt ist es meine Schuldigkeit,

die Tante zu unterhalten. Ich versprach es Eduard, um dadurch seine verliebten Gesten gegen Cordelia zu decken. Die Tante hielt sich früher auf dem Lande auf.

Ich mache bedeutende Fortschritte in der Ökonomie dadurch, dass ich ein sorgfältiges Studium landwirtschaftlicher Schriften vornehme und durch die Mitteilungen der Tante.

Ich mache vollkommen mein Glück bei der Tante, sie fühlt mich als einen reifen, ordentlichen Mann, mit dem man sich gern einlassen kann, der nichts mit den alltäglichen Gecken gemein hat. Bei Cordelia stehe ich nicht besonders gut. Sie verlangt natürlich nicht, dass jeder Mann ihr den Hof macht, dazu ist sie eine zu reine und unschuldige Weiblichkeit, aber sie fühlt meine Existenz beinahe empörend.

Sitzen wir in dem behaglichen Zimmer und sie übt ihren Zauber aus, über alle und alles, was mit ihr in Berührung kommt, da werde ich bei mir selbst ungeduldig und möchte aus meiner Höhle vorstürzen. Vor aller Augen sitze ich auf einem Sessel, aber ich liege doch eigentlich in einer Höhle auf der Lauer. Ich möchte ihre Hand fassen und das liebe Geschöpf fest in meinen Arm nehmen, damit keiner sie mir nimmt. Oder am Abend, wenn Eduard und ich fortgehen und sie mir ihre Hand zum Abschied reicht und ich dieselbe halte, dann möchte ich sie nicht mehr loslassen. Geduld — quod antea fuit impetus, nunc ratio est — sie muss noch ganz

anders ins Netz laufen — und dann plötzlich breche
ich mit der vollen Macht meiner Liebe hervor. Wir
haben uns diesen Augenblick nicht durch Nasch-
haftigkeit, durch Antizipationen verdorben, mir verdankt das dann Cordelia! Ich arbeite, um Gegen-
sätze zu schaffen. Ich spanne die Sehne wie ein
Bogenschütze bald straffer, bald schlaffer, aber lege
den Pfeil noch nicht auf die Sehne.
Kommen einige Personen in demselben Zimmer oft
miteinander in Berührung, so entwickelt sich leicht
eine Tradition und jeder nimmt seinen bestimmten
Platz ein. Das Ganze wird eine Terrainkarte, die
man, so oft man will, aufrollen kann. Im Wahlschen
Hause ist es so. Wir trinken abends Thee. Nach-
her setzt sich die Tante an den kleinen Nähtisch.
Eduard will leise und geheimnisvoll flüstern, und
das macht er gewöhnlich so gut, dass er ganz stumm
wird. Vor der Tante habe ich keine Geheimnisse,
rede über Marktpreise, rechne, die Liter Milch aus,
die zum Pfund Butter nötig sind, durch das Medium
der Sahne, und die Dialektik des Butterns — nicht
nur kann das ein junges Mädchen ohne Schaden
hören, sondern Kopf und Herz werden durch diese
erhebende Konversation in gleichem Masse veredelt.
Dem Theetisch, Eduards und Cordelias Schwärmerei
den Rücken wendend, schwärme ich mit der Tante.
Ist die Natur nicht gross und weise in ihrer Pro-
duktivität, welche Wundergabe ist doch die Butter,
welch ein prächtiges Resultat von Natur und Kunst.

70

Dabei hört die Tante nicht, was Eduard und Cordelia miteinander sprechen, vorausgesetzt, sie reden überhaupt, dagegen ich kann jedes gewechselte Wort, jede noch so unbedeutende Bewegung hören. Es ist wichtig für mich, man weiss ja nicht, ob ein Verzweifelter nicht auch mal etwas Verzweifeltes wagt. Die vorsichtigsten und scheusten Menschen wagen zuweilen die verzweifeltsten Sachen. Obwohl ich nicht im mindesten mit diesen zwei einsamen Menschen zu thun habe, so kenne ich doch so weit Cordelia, um zu wissen, dass ich immer zwischen ihnen unsichtbar stehe.

Wir Vier bilden doch ein eigentümliches Bild zusammen. Eine Analogie würde ich finden, wenn ich Mephistopheles vorstellen wollte. Nur ist Eduard kein Faust. Bin ich aber Faust, so wäre Eduard Mephisto und dazu passt er gar nicht. Aber ein Mephistopheles bin ich nicht, in Eduards Augen am wenigsten. Ich bin für ihn der gute Genius seiner Liebe, sehr wohl thut er daran, er kann sicher sein, keiner wacht so über seiner Liebe wie ich. Versprochen habe ich ihm, die Tante zu unterhalten, ich erfülle diese ehrenvolle Aufgabe ganz ernst, und diese verschwindet auch beinahe in lauter Ökonomie vor unseren Augen; in Küche und Keller gehen wir, auf den Boden, sehen nach Hühnern und Enten, nach kleinen Gänsen u. s. w. Alles das ärgert Cordelia, denn sie kann nicht begreifen, was ich damit bezwecke. Ein Rätsel bin ich ihr, aber eines, das

sie gar nicht raten mag, sie wird davon erbittert
und indigniert. Wohl fühlt sie, dass die Tante, die
eine so ehrwürdige Dame ist, fast lächerlich wird.
Dabei ordne ich aber meine Karten so gut, dass
sie fühlt, es ist unmöglich, mir hineinzuschauen
oder entgegenzuarbeiten, und zuweilen treibe ich
das Spiel so weit, dass ich Cordelia dahin bringe,
heimlich über die Tante zu lächeln. Solche Etüden
müssen gemacht werden. Ich lächele niemals mit
Cordelia zusammen, da würde sie nie über die Tante
lachen, ich bleibe ernst, nur sie ist gezwungen, zu
lächeln. Dies ist die erste falsche Weisheit: Es
muss ihr gelehrt werden, ironisch zu lächeln. Doch
mich trifft das Lächeln fast ebenso wie die Tante.
Sie weiss gar nicht, was soll sie von mir denken.
Es kann ja sein, ich bin ein junger zu früh alt ge-
wordener Mann, oder — — oder. — —. Hat sie
dann über die Tante gelacht, so wird sie über sich
selbst böse, ich wende mich um, spreche mit der
Tante weiter, sehe sie ganz ernsthaft an, und sie
lächelt über mich und die Situation. Unser Verhältnis basiert nicht auf empfindungsvollen und
kostbaren Umarmungen des Verständnisses, es ist
keine Attraktion des Einverständnisses, sondern eine
Repulsion des Missverständnisses. Mein Verhältnis
zu ihr ist im Grunde keines. Es ist ein absolut
geistiges Verständnis für ein junges Mädchen natürlich gleichbedeutend mit „nichts". Doch hat die
Methode, die ich jetzt anwende, ihre ausserordent-

lichen Vorteile. Ein Mensch, der als Kavalier auftritt, weckt Verdacht und ruft einen Widerstand
hervor. Von allen solchen Sachen bin ich befreit.
Man misstraut mir nicht, im Gegenteil, man möchte
einen ehrenvollen jungen Mann in mir sehen, der
geeignet ist, ein junges Mädchen zu bewachen. Die
Methode hat nur einen Fehler und das ist ihre
Langweiligkeit, darum kann sie auch nur bei Individuen angewendet werden, bei denen etwas Interessantes zu finden ist.
Ein junges Mädchen, welch verjüngende Macht sie
besitzt. Frische Morgenluft, Winde und Wogen des
Meeres, der feurige Wein, nichts — nichts hat in
der Welt diese jüngende Macht.
Sie wird mich bald hassen. Ich mache mich ganz
zum Hagestolzen. Sage, mein höchster Wunsch ist,
immer gemütlich zu sitzen, bequem zu liegen, einen
Diener zu haben, auf den ich mich verlassen kann,
einen Freund, auf den man sich verlassen kann,
mit dem man Arm in Arm geht, kann ich nun die
Tante dazu bringen, ihre Landwirtschaftsideen auf-
zugeben, so bringe ich sie auf dasselbe Gebiet. Das
stachelt die Ironie an. Über Hagestolzen kann man
lachen, man darf sie sogar bemitleiden, und zugleich
empört ein junger Mensch, der nicht geistlos ist,
ein junges Mädchen durch solches Benehmen. Denn
die volle Bedeutung und die Poesie ihres Geschlechts
wird dadurch zerstört.
So vergehen die Tage, ich sehe sie, ohne sie zu

sprechen, ich spreche in ihrer Gegenwart mit der
Tante. Nur in der Nacht manchmal, da muss ich
meiner Liebe Luft schaffen. Dann in einen Mantel
gehüllt, den Hut tief über die Augen gedrückt, gehe
ich zu dem Hause, wo sie wohnt. Ihr Schlafzimmer geht nach dem Hof hin, da es aber in einem
Eckhaus ist, kann man es von der Strasse sehen.
Sie steht oft einen Augenblick an dem Fenster,
oder sie öffnet es und betrachtet die Sterne. Ich
gehe wie ein Geist in diesen nächtlichen Stunden
um; wie ein Geist bewohne ich den Platz, an dem
ihr Haus liegt. Sie steht oben, unbeachtet von
allen, nur nicht von dem, von dem sie sich am
wenigsten beobachtet glaubt. Ich aber unten vergesse alles, habe keine Pläne, keine Berechnung
mehr, werfe den Verstand über Bord, und meine
Brust weitet sich und stärkt sich, durch tiefe Seufzer, eine Motion, die ich nicht missen kann, weil
ich unter dem Schema meines ganzen Lebens zu
sehr leide. Andere sind Tugendhelden am Tag und
Sünder bei der Nacht, ich bin Heuchler am Tag
und Sehnsüchtiger nachts. Könnte sie mich hier
sehen und in meine Seele hineinschauen — ja wenn!
Dies Mädchen, wenn es sich selber verstünde, müsste
einsehen, er ist der rechte Mann für mich. Sie ist
zu heftig, zu leicht erregt, um eine glückliche
Ehe zu bekommen. Sie darf nicht durch einen gewöhnlichen Verführer fallen, fällt sie durch mich,
so rettet sie aus der Niederlage das Interessante.

Sie muss im Verhältnis zu mir, wie das Wortspiel
der Philosophen sagt, „zu Grunde gehen".

Eigentlich mag sie nicht zuhören, wenn Eduard
spricht. Wie es immer geht, sind die Grenzen eng
gezogen, so entdeckt man mehr und mehr Interessantes, sie hört zuweilen meinen Gesprächen mit
der Tante zu. Ich mache dann gern eine am Horizont aufzuckende Andeutung, wie aus einer ganz
fremden Welt, die Tante sowohl wie Cordelia sind
dann erstaunt. Den Blitz sieht die Tante, hört aber
nichts, die Stimme hört Cordelia, sieht aber nichts.
Gleich darauf ist alles wieder in Ordnung, die
Unterhaltung fliesst zwischen der Tante und mir weiter, einförmig und nur von dem Summen der Thee-
maschine begleitet. Ungemütlich können solche
Augenblicke sein, besonders für Cordelia. Niemand
hat sie, mit dem sie sprechen kann. Würde sie
sich an Eduard wenden, könnte es sein, dass er
aus Verlegenheit Dummheiten machte, sieht sie sich
nach der Tante und mir um, so fällt ihr ein un-
angenehmer Gegensatz auf, da bei uns Sicherheit
herrscht und der monotone Hammerschlag unserer
ruhigen Konversation gegen Eduards Unsicherheit
absticht. Denken kann ich es mir, in Cordelias
Augen muss die Tante wie verhext sein, so bewegt
sie sich gleichmässig im Tempo mit meinem Takt.
Aber an unserer Unterhaltung kann sie auch nicht
teilnehmen, wie ein Kind behandle ich sie dabei,
nicht um mir aus diesem Grund eine Freiheit gegen

sie zu erlauben, eher das Gegenteil. Ich weiss wie
schädlich so etwas wirkt, und das Wichtigste ist
hier, dass ihre Weiblichkeit sich rein und schön
erhebt. Bei meinem intimen Verhältnis zur Tante
ist es mir leicht, sie als ein Kind zu behandeln,
das noch nichts von der Welt weiss. Ihre Weiblichkeit wird dadurch nicht verletzt, nur neutralisiert. Es kann sie nicht beleidigen, wenn ich an-
nehme, dass sie Marktpreise nicht kennt, empört
wird sie aber, dass Derartiges das Höchste im Leben
sein soll. Die Tante aber, imponiert von meinem
kräftigen Verstand, überbietet sich fast selbst und
ist ganz fanatisch geworden. Dass ich nichts bin,
das ist das Einzige, darein kann sie sich nicht finden. So oft jetzt von einem vakanten Amt die Rede
ist, mache ich darum die Bemerkung, „das wäre etwas für mich". Und ich spreche dann sehr ernsthaft
mit ihr darüber. Natürlich merkt Cordelia die Ironie,
und das ist es, das will ich.
Armer Eduard! Schade, dass er nicht Fritz heisst.
So oft ich über sein Verhältnis zu mir nachdenke,
fällt mir Fritz in der „Braut", Theaterstück von
Scribe, ein. Eduard ist, wie sein Vorbild, Korporal
bei der Bürgergarde. Soll ich ehrlich sein, so muss
ich gestehen, Eduard ist auch ziemlich langweilig. Er
fasst die Sache nicht richtig an. Er kommt immer
so geschniegelt und stramm an, unter uns gesagt, ich
komme aus Freundschaft für ihn immer fast nach-
lässig in die Gesellschaft. Armer Eduard, das einzige,

was mir wehthut, ist, dass er mir so unendlich zu-
gethan ist, dass er fast nicht weiss, wie er mir danken
soll. Mir dafür zu danken, ist wirklich zu viel.

Könnt ihr endlich nicht ruhig werden? Den ganzen
Morgen habt ihr nichts anderes gethan, als an meiner Markise gerissen, mit meinem Reflektionsspiegel
und der Schnur daran gespielt, und euch bemerk-
bar gemacht auf die unmöglichste Weise, als wolltet
ihr mich zu euch hinausholen. Das Wetter ist
schön, aber lasst mich sein, ich bleibe zu Hause ...
Ihr übermütigen, ausgelassenen Zephirwinde, ihr
flotten Burschen, könnt ihr nicht allein gehen und
euch wie immer mit den jungen Mädchen unterhalten. Jawohl, ich weiss es, ein Mädchen verführerisch zu umarmen, das versteht keiner so wie
ihr, entfliehen kann sie euch nicht — und will
es auch nicht, denn ihr erhitzt die innere Glut
nicht, ihr kühlt .... Meint ihr, davon hättet ihr
kein Vergnügen, ihr meint, ihr thätet es nicht
um euretwillen, .... nun also, ich gehe mit; aber
unter zwei Bedingungen nur. Erstens, auf dem
Kongens Nytorp wohnt ein junges Mädchen, das
mich nicht lieben will, und das Schlimmste ist, sie
mag einen andern, und sie sind schon so weit, dass
beide Arm˙ in Arm spazieren gehen. Heute will
er sie um 1 Uhr abholen. Versprecht mir, die
stärksten Bläser unter euch sollen sich in der Nähe
verstecken, bis beide aus der Hausthüre auf die

Strasse kommen. Sowie er in die Königstrasse einbiegt, stürzt eine Abteilung von euch hervor, nimmt ihm den Hut vom Kopf, möglichst höflich, und macht, dass er in einiger Entfernung auf den Boden fällt, zu weit aber nicht, denn sonst könnte er wieder nach Hause gehen. Er darf ihren Arm nicht fahren lassen und muss immer meinen, den Hut im nächsten Augenblick zu bekommen. Führt ihn so, ihn und sie durch die grosse Königstrasse bis zum Hoibroplatz.... Wie lange kann das dauern? Eine halbe Stunde, denke ich. Eh bien, punkt $\frac{1}{2}$1 Uhr komme ich von der Osterstrasse. Hat nun jenes Detachement die Liebenden mitten auf den Platz geführt, dann macht ihr einen gewaltsamen Angriff auf dieselben. Ihr reisst auch ihr den Hut ab, zerzaust ihr die Haare und entführt ihr den Shawl, und dabei fliegt der Hut jubelnd höher und höher, kurz, macht eine Konfusion, dass nicht ich allein, sondern dass das ganze verehrte Publikum in schallendes Gelächter ausbricht, die Hunde müssen anfangen zu bellen, auf dem Thurm wird vom Wächter die Sturmglocke geläutet u. s. w. Richtet es so ein, der Hut muss zu mir hinfliegen, ich will der Glückliche sein, der ihn überreichen darf. Das erstens, nun noch zweitens. Die Abteilung des Detachements, die mir folgt, hört auf meinen leisesten Wink, hält sich in den Grenzen des Anstandes, insultiert kein junges Mädchen, bedient sich keiner weiteren Freiheiten, nur dass die kindliche Seele

an dem Scherz ihre Freude hat, der Mund dabei
lächelt, das Auge muss seine Ruhe bewahren können, und das Herz ohne Angst bleiben. Keiner von
euch wage anders aufzutreten, sein Name soll sonst
verflucht sein. Und jetzt, angefangen, hinein in
das Leben voll Freude, Jugend und Schönheit. Ihr
sollt mir jetzt zeigen, was ich schon oft gesehen
habe, was mich nie müde macht, immer will ich
es wiedersehen, zeigt mir ein schönes, junges Mädchen in enthüllter Schönheit, dass sie ohne Hülle
schöner wird, und examinieren sollt ihr sie, so dass
ihr das Examen Freude macht! — Jetzt gehe ich
die Breitestrasse, aber wie ihr wisst, über meine
Zeit kann ich nur bis ¹/₂2 Uhr verfügen. — —
Ein junges Mädchen kommt dort, prall und geputzt,
da Sonntag ist. . . . . Kühlt ihr ein wenig das Blut,
gleitet leicht über sie hin, mit unschuldiger Berührung müsst ihr sie umarmen. Die Wangen werden
rot, die Lippen bekommen stärkere Farbe, der Busen hebt sich, . . . . nicht wahr, schönes Mädchen,
unbeschreiblich ist es, ein seliger Genuss ist es,
diese frische Luft einzuatmen. Der kleine Mantel
von ihr bewegt sich wie ein Blatt, wie sie frisch
und stark den Atem einzieht. Jetzt geht sie langsamer, wie von den leisen Lüften getragen, wie
eine Wolke, wie ein Traumbild, . . . . . . Blast etwas
stärker, in andauernden Zügen! . . . . Sie sammelt
sich, legt die Arme fester an die Brust, sie hüllt
sich behutsam ein, damit ihr nicht zu nahe kommt. . . .

Ja, der Mensch wird von der Anfechtung schöner.
In den Zephyr müsste sich jedes Mädchen verlieben. Wie er kann kein Mann, der mit ihr kämpft,
die Schönheit erhöhen.... Ihr Körper neigt sich
ein wenig vor, beugt sich gegen die Fusspitze....
Hört ein wenig auf, ihre Figur verliert ihre Schlank-
heit, sie wird breit .... kühlt sie ein bischen!....
Nicht wahr, mein Mädchen, wenn man warm geworden ist, ist das erquickend, diese erfrischenden
Lüfte um sich zu fühlen. Aus Dankbarkeit, aus
reiner Freude am Leben, möchte man seine Arme
ausbreiten, .... sie wendet sich auf die Seite ....
rasch nun einen tüchtigen Stoss, dass ich die Schönheit ihrer Körperformen ahnen darf! .... Stärker
etwas! Dass das Kleid sich enger um sie schmiegt!....
Nein, nicht so viel! .... Es wird unschön! Sie
geht nicht mehr so unbefangen und leicht! Sie wendet sich wieder um! .... Blast .... genug, genug! Viel zu viel, eine Locke fliegt ihr schon über
das Gesicht, .... wollt ihr aufhören! — — Ah,
ein ganzes Regiment kommt:

> Die eine ist verliebt gar sehr;
> Die andre wünscht, dass sie es wär'.

Ja, ohne Zweifel, eine unangenehme Sache ist es
im Leben, am linken Arm seines zukünftigen
Schwagers zu gehen. Für ein Mädchen ist es ungefähr dasselbe, als was es für einen Mann ist,
Kopist zu sein.... Aber der Kopist kann avancie-
ren, er hat auch seinen Platz im Kontor, er ist be-

teiligt bei ausserordentlichen Angelegenheiten, und
das ist nicht das Los der Schwägerin; aber im
Gegensatz zum Kopisten ist ihr Avancement nicht so
langsam, wenn sie avanciert und in ein anderes
Kontor versetzt wird.... Hebt euch ein wenig,
Zephyre! Wenn man einen festen Anhaltspunkt hat,
dann kann man Widerstand leisten. Der Mittelpunkt
steht kräftig da, nur Flügel können ihn fortbewegen.
Er steht fest genug, ihm kann der Wind nichts an-
haben, dazu ist er zu schwer — aber auch zu
schwer, als dass der Wind ihn von der Erde weg-
heben könnte. Er drängt sich vor, um zu zeigen,
dass er einen schweren Körper hat; aber je unbe-
weglicher er feststeht, desto mehr leiden die kleinen
Mädchen darunter.... Meine schönen Damen, darf
ich Ihnen nicht mit einem guten Rate helfen? Lassen Sie den künftigen Mann und Schwager aus dem
Spiel, versuchen Sie allein zu gehen und Sie werden sehen, dass Sie viel mehr Vergnügen davon
haben.... Weht jetzt ein wenig leiser!.... Wie
sie sich in den Wellen des Windes tummeln, bald
bewegen sie sich durcheiander zu beiden Seiten der
Strasse, — kann Tanzmusik eine frischere Munter-
keit hervorbringen? Und doch ermattet der Wind
nicht, er stärkt — — bald jagen sie wie mit vollen
Segeln die Strasse herunter — kann ein Walzer
ein junges Mädchen verführerischer hinreissen, und
doch ermüdet der Wind nicht, sondern er trägt....
Jetzt drehen sie sich gegen den Mann und den

Schwager. . . . Nicht wahr, ein bischen Widerstand
ist angenehm? Man kämpft gern, um zu besitzen
was man liebt; und man erreicht das, wofür man
kämpft, es verfügt darüber ein höheres Schicksal.
Hab ich's nicht richtig gemacht? Wenn man selber
den Wind im Rücken hat, so kann man leicht an
dem Geliebten vorübergehen, aber hat man ihn kon-
trär, so kommt man in eine angenehme Bewegung
und fliegt dem Geliebten entgegen, und der Wind
kommt einem erfrischender vor, aufreizender, verführerischer, er kühlt die Frucht der Lippen, die
kalt genossen am besten ist, weil sie selbst so heiss
ist, wie Champagner erhitzt, wenn er fast wie Eis ist.
Wie sie lachen und schwatzen . . . . und der Wind
trägt ihre Worte weg. Sie haben nichts, worüber
sie sprechen können — und sie lachen wieder,
beugen sich vor dem Wind, halten den Hut fest
und gehen vorsichtiger. . . . Ruhig, ruhig ihr Winde,
die jungen Mädchen werden sonst ungeduldig, zürnen und fürchten sich vor uns! — —
So ist's recht, energisch und kräftig, rechtes Bein
vor das linke. . . . Sieht sie sich nicht keck und
mutig in der Welt um! . . . . Sie hat einen unterm
Arm, verlobt also! Mein Kind, zeig doch, was für
ein Geschenk hat Dir des Lebens Weihnachtsbaum
gebracht? Wirklich, o ja, mir scheint, es ist ein
ganz solider Bräutigam. — Dies ist noch das erste
Stadium der Verlobung, möglich, — sie liebt, aber
ihre Liebe flattert noch weit und geräumig lose um

ihn, sie ist noch im Besitz des Liebesmantels, der viele verbergen kann. . . .

Blast etwas kräftiger! . . . . Ja, wenn man so schnell geht, dann ist es kein Wunder, dass die Hutbänder sich gegen den Wind sträuben, so dass es aussieht, als trügen sie wie Flügel ihre leichte Gestalt — und ihre Liebe, auch sie ist dabei; wie der Schleier einer Elfe spielt die Liebe mit dem Wind. Ja, so wenn sie Liebe sieht, sieht sie so üppig aus, wenn man sich aber darin einhüllen will, wenn die Schleier zu einem tagtäglichen Kleid umgenäht werden sollen, da bleibt nicht Platz für viel Ausputz. . . . O mein Gott, hat man Mut gehabt, einen entscheidenden Schritt für das Leben zu wagen, sollte man da nicht Courage haben, gerade gegen den Wind zu gehen. Wer zweifelt daran? Ich — nicht. Aber erhitzen Sie sich nicht, mein Fräuleinchen, erhitzen Sie sich nicht. Die Zeit ist ein strenger Zuchtmeister und der Wind ist auch zu etwas gut. . . . Neckt, neckt sie ein wenig. . . . Wo verschwand ihr Taschentuch? Ja, sie bekam es doch wieder. Da ging das eine Hutband los . . . . es ist wirklich peinlich, dass der Zukünftige Zeuge ist. . . . Sieh da, eine Freundin kommt, die müssen sie grüssen. Sie begegnet ihr zum erstenmal nach ihrer Verlobung. . . . Sie gehen gewiss in die Breitestrasse, um sich als Verlobte zu zeigen und haben ausserdem die Absicht, auf die „Langelinie“ zu fahren. So viel ich weiss, ist es Sitte, dass Eheleute am

ersten Sonntag nach der Hochzeit in die Kirche
gehen, die Verlobten dagegen auf die Langelinie.
Ja, eine Verlobung hat wirklich viel Ähnlichkeit
mit der Langenlinie. Aufpassen, der Wind wird
den Hut forttragen, festhalten, den Kopf etwas vor-
beugen.... Wirklich fatal, man konnte die Freundin nicht grüssen, konnte sie nicht mit überlegener
Miene grüssen, eine Braut nimmt immer Überlegenheit andern jungen Mädchen gegenüber an. Blast
nun etwas weniger.... Die schönen Tage kommen
jetzt.... wie fest sie sich an dem Geliebten hält,
sie sieht zu ihm hin, freut sich an ihm, und ist
selig in ihren Zukunftsgedanken.... O, mein Mädchen, mache nicht zu viel aus ihm.... Oder verdankt er es nicht zuerst mir und dem Wind, dass
er so kräftig aussieht? Und Du selber, hast es auch
mir und den linden Lüften zu danken, sie heilen
Dich jetzt, und Du vergisst alle Schmerzen.

> Aber ich wünsch keinen Studenten mir,
> Der nachts nur lesen thut,
> Ich wünsch mir einen Offizier
> Mit Federn an dem Hut.

Das kann man Dir sofort ansehen, mein Kind, Dein
Blick verrät das etwas, .... nein, Du sollst keinen
Studenten haben — — aber warum gerade einen
Offizier, sollte ein Kandidat, der mit seinen Studien
fertig ist, nicht dasselbe ausrichten können? ....
....In diesem Augenblick kann ich Dir weder mit
einem Offizier, noch mit einem Kandidaten dienen,

dagegen kann ich Dir mit einigen temperierten Abkühlungen dienen: . . . Wehet jetzt ein wenig. . . . Das war gut, wirf den seidenen Shawl über die Schulter zurück. Geh ein wenig langsamer, dann wird die Wange noch ein bischen bleicher und der Glanz der Augen nicht so heftig. — — So. Ja, ein wenig Bewegung, besonders bei einem so schönen Wetter wie heute, und ein bischen Geduld, und Sie bekommen bestimmt den Offizier. Dass Du so voll Leben, voll Sehnsucht, voll Ahnung bist!? — — Es ist ein Paar, das für einander geboren ist. Wie sie fest und sicher auftreten, ganz einander vertrauend. Welche „harmonia prestabilita", wie Leibnitz sagt, und in allen Bewegungen. Leicht und graziös sind ihre Bewegungen nicht, sie tanzen nicht miteinander, ihre Lebensanschauung heisst: Das Leben ist eine Wanderschaft. In der That, sie scheinen prädestiniert zu sein, sie werden miteinander Arm in Arm durch des Lebens Leiden und Freuden wandern. So sehr harmonieren sie miteinander, dass die Dame sogar den Vorzug, auf dem Trottoir zu gehen, aufgegeben hat. . . . Aber meine lieben Zephyrwinde, ihr seid so eifrig hinter dem Paar her. Wirklich, es scheint das nicht wert zu sein. . . . Halb Zwei ist es, zurück zum Hoibro-Platz.

Allmählich geh ich zum Angriff über, rücke ich immer näher, indem ich zu direkten Angriffen übergehe. Diese Veränderung kann ich auf folgende

Weise auf der Kriegskarte bei den Zusammenkünften bei der Tante bezeichnen. Meinen Stuhl habe
ich so gestellt, so dass ich mich mehr an sie wenden kann. Ich gehe mehr auf sie ein, spreche sie
an, zwinge sie zu antworten. Sie hat eine heftige
leidenschaftliche Seele und am Aussergewöhnlichen
Freude. Sie wird von meiner Ironie über die Welt,
meiner Verachtung der Feigheit, und meinem Spott
über die schläfrige Trägheit gefesselt. Sie möchte
ganz gern am Himmel den Sonnenwagen lenken,
der Erde näher kommen und die Menschen etwas
rösten. Trotzdem hat sie kein rechtes Vertrauen
zu mir, ich habe bisher jede Annäherung auf dem
Gebiet des Geistes verhindert. Sie muss, ehe sie
sich an mich anlehnen darf, erst stark in sich selbst
werden. Für Augenblicke sieht es so aus, als wäre
sie es, die sich zur Vertrauten in meiner Frei-
maurerei machen wollte, aber das ist nur für Augenblicke. Sie selbst muss sich entwickeln, sie muss
die Spannkraft ihrer Seele fühlen, sie muss
die Welt nehmen und tragen. Was für Fortschritte
sie macht, das zeigt mir ihr Blick und ihr Auge.
Einmal habe ich darin den Zorn der Vernichtung
gesehen. Mir soll sie nichts zu verdanken haben;
denn frei muss sie sein, nur in der Freiheit ist
Liebe, nur in der Freiheit ist Zeitvertreib und ewige
Lust, trotzdem ich sie so in Beschlag nehme, dass
sie wie mit Naturnotwendigkeit in meinen Schoss
sinken muss, trotzdem ich arbeite, sie dahin zu

bringen, dass sie zu mir gravitiert, so kommt es doch darauf an, dass sie nicht wie ein schwerfälliger Körper fällt, sondern wie ein Geist gegen Geist gravitiert. Trotzdem sie mir gehören soll, darf dieses doch nicht identisch mit dem Unschönen sein, so dass es auf mir wie eine Last ruht. Sie darf mir weder in physischer Hinsicht eine Plage, noch in moralischer Hinsicht eine Verpflichtung sein. Zwischen uns beiden soll nur das Spiel der Freiheit herrschen. Sie soll mir so leicht sein, dass ich sie auf meinen Arm nehmen kann.

Cordelia beschäftigt mich fast zu viel. Wenn ich ihr persönlich gegenüberstehe, verliere ich mein Gleichgewicht nicht, aber dann, wenn beim Alleinsein mein Verstand sich aufs Strengste mit ihr abgiebt. — Ich kann mich nach ihr sehnen, nicht um mit ihr zu reden, nur um ihr Bild an mir vorüberschweben zu lassen, ich kann mich ihr nachschleichen, wenn ich weiss, sie ist ausgegangen, nicht um gesehen zu werden, aber um zu sehen. Letzten Abend kamen wir zusammen von Baseters, Eduard begleitete sie. In grösster Eile trennte ich mich von ihnen und lief in eine andere Strasse hinein, wo mein Diener mich erwartete, im Augenblick war ich umgekleidet und begegnete ihr noch einmal, ohne dass sie es ahnte. Eduard war stumm wie immer. Verliebt bin ich, das ist gewiss, aber nicht im gewöhnlichen Sinn, man muss sehr vorsichtig sein, wenn man so verliebt ist, die Folgen sind immer

gefährlich, und man ist es ja nur einmal. Doch der Gott
der Liebe ist blind, wenn man klug ist, kann man ihn
gewiss täuschen. Die Kunst ist, so empfindlich wie
möglich für den Eindruck zu sein, zu wissen, welchen
Eindruck man macht, und welchen Eindruck man von
jedem jungen Mädchen empfängt. Auf diese Weise
kann man in viele auf einmal verliebt sein, weil man
in die Einzelheiten auf verschiedene Weise verliebt ist.
Eine zu lieben ist zu wenig, alle zu lieben ist Ober-
flächlichkeit, sich selbst zu kennen und so viele wie
möglich zu lieben, die Mächte der Liebe in seiner
Seele zu verbergen, dass sie ihre bestimmte Nahrung bekommt, während das Bewusstsein das Ganze
umspannt, — das ist Genuss, das ist Leben!
Eduard kann sich eigentlich nicht über mich beklagen. Freilich will ich, dass er Cordelia zum
Probestein dienen soll, und dass sie durch ihn gegen
die banale Liebe Abscheu kriegen soll, und auf
diese Art aus ihren Grenzen heraustreten soll —
aber gerade dazu gehört, dass Eduard keine Karrikatur sein soll, denn dann hilft es mir nichts.
Eduard ist nicht nur bürgerlich genommen eine
gute Partie — so etwas wiegt in ihren Augen nicht
schwer, ein junges Mädchen von siebzehn Jahren
sieht darauf nicht, — aber er hat auch persönlich
viele liebenswürdige Eigenschaften, und ich helfe
ihm immer, diese so vorteilhaft als möglich zu be-
leuchten. Wie eine Kammerjungfer oder wie ein
Dekorateur, so statte ich ihn aus, so gut ich es

kann, und so weit die Mittel reichen, ja zuweilen
schmücke ich ihn sogar mit geliehenen Federn.
Wenn wir dann zusammen zu Cordelia gehen, ist
es mir ganz sonderbar, neben ihm zu gehen. Es
ist mir, als ob er mein Bruder oder mein Sohn
wäre, und doch ist er mein gleichalteriger Freund
und mein Rival. Gefährlich kann er mir nie werden. Je höher ich ihn hinstelle, da er doch fallen
muss, desto mehr Einsicht bekommt Cordelia über
das, was sie verschmäht, und desto grösser wird
ihre Ahnung von dem, wonach sie sich sehnt. Ich
helfe ihm zurecht, ich empfehle ihn, kurz, ich thue
alles, was ein Freund für einen anderen thun kann.
Um meiner Kälte richtig Relief zu geben, hetze
ich mich selbst gegen Eduard auf. Ich schildere
ihn als Schwärmer. Da Eduard nicht im mindesten
versteht, sich selbst zu helfen, so muss ich ihn vor-
ziehen.

Cordelia hasst und fürchtet mich. Was fürchtet ein
junges Mädchen? Geist. Warum? Weil Geist die
Verneinung ihrer ganzen weiblichen Existenz ausmacht. Männliche Schönheit, ein einnehmendes
Wesen, und so weiter, sind gute Mittel. Durch sie
kann man auch Eroberungen machen, aber nie
einen vollständigen Sieg gewinnen. Warum? Weil
man dann das junge Mädchen in seiner eigenen
Potenz bekriegt, und in ihrer eigenen Kraft ist sie
doch immer die Stärkste. Durch solche Mittel kann
man ein junges Mädchen zum Erröten bringen, die

Augen zum Senken, aber nie wird man die unbeschreibliche schnürende Angst erzeugen, die ihre Schönheit interessant macht.

Non formosus erat, sed erat facundus Ulisees, et tamen aquoreas torsit amore Deas Ovidius: Ars amandi: Odysseus war nicht schön, doch Schönredner und brachte die Göttinnen des Meeres dazu, sich in Liebe zu ihm zu winden.

Ein jeder muss seine Kräfte kennen. Etwas, was mich oft aufgeregt hat, ist, dass auch die, welche auf Voraussetzungen leben, sich so tölpelhaft benehmen. Eigentlich müsste man jedem jungen Mädchen ansehen können, wenn sie einem andern oder richtiger ihrer eigenen Liebe zum Opfer gefallen ist, in welcher Richtung sie betrogen worden ist. Der routinierte Mörder hat einen bestimmten Stoss und die erfahrene Polizei erkennt gleich den Thäter, wenn sie die Wunde sieht. Aber wo trifft man solch systematischen Verführer, wo solchen Psychologen? Ein junges Mädchen verführen, bedeutet für die meisten, ein junges Mädchen zu verführen, sonst nichts — und doch wieviel liegt nicht in diesem Begriff!

3. Juli. Sie hasst mich als Weib — sie fürchtet mich als begabtes Weib — und als tüchtiger Kopf — muss sie mich lieben. Ich habe diesen Streit jetzt in ihrer Seele hervorgerufen. Mein Stolz, mein Trotz, mein eisiger Spott, meine herzlose Ironie

reizen sie — nicht aber zur Liebe; das nicht, derartige Gefühle hegt sie gewiss nicht, gegen mich gar nicht. Wetteifern will sie mit mir. Sie beneidet die stolze Unabhängigkeit im Verhältnis zu den Menschen, die stolze Unabhängigkeit — die Freiheit der Araber in der Wüste. Mein Spott und meine Excentricität neutralisieren jede erotische Entladung. Gegen mich ist sie ziemlich aus sich herausgehend, da sie keinen Liebhaber in mir sieht. Sie fasst meine Hand, drückt sie, lacht und ist aufmerksam in streng griechischem Sinn zu mir. Wir verhalten uns nur zu einander wie zwei gute Köpfe. Hat der ironische Spötter sie lange genug unterhalten, dann folge ich dem Rat in dem alten Liede: Der Ritter breitet aus seinen Mantel so rot und bittet die Jungfrau, darauf zu sitzen. Aber ich breite nicht meinen Mantel aus, um mit ihr auf einem indirekten Rasen zu sitzen, sondern um mit ihr durch die Luft auf den Flügeln des Gedankens zu verschwinden. Oder ich nehme sie nicht mit, sondern stelle mich vor einen Gedanken hin, grüsse nach ihr mit der Hand und mache mich ihr unsichtbar. Ich werde ihr nur fassbar im Sausen des geflügelten Wortes und werde nicht wie Jehovah durch die Stimme vernehmbar, da ich, je mehr ich spreche, auch um so höher steige. Im kühnen Gedankenflug will sie mir dann folgen, sich auf Adlerschwingen emporheben. Doch ich bin nur einen Augenblick so, dann bin ich wieder kalt und trocken.

Im jungfräulichen Erröten giebt es verschiedene
Arten, ein grobes Rotwerden, wie es immer in den
Romanen vorkommt, wo die Heldinnen „über und
über" rot werden, und dann ein zarteres Rotwerden,
die Morgenröte des Geistes, dies ist bei einem jungen
Mädchen das Kostbarste. Das flüchtige Rotwerden,
das einen glücklichen Gedanken begleitet, ist beim
Mann schön, beim Jüngling schöner, beim Weib
entzückend. Es ist ein auffliegender Blitz, ein
wetterleuchtender Geist, beim Jüngling am schönsten, entzückend beim jungen Mädchen, weil ihre
Jungfräulichkeit im reinsten Licht gezeigt wird.
Wenn man älter wird, verschwindet dieses Rotwerden fast ganz.
Ich lese manchmal Cordelia etwas vor, Gleichgül-
tiges meistens. Ich habe nämlich Eduard verstän-
digt, dass man sich mit einem jungen Mädchen sehr
angenehm in Verbindung setzen kann durch das
Leihen von Büchern. Er hat auch dadurch viel
erreicht, denn sie ist ihm für seine Aufmerksamkeit
sehr verbunden. Den grössten Gewinn aber habe
ich davon, da ich die Auswahl der Bücher be-
stimme. Ich habe dadurch ein schönes Observations-
feld gewonnen. Eduard bekommt die Bücher von
mir, denn die Litteratur ist für ihn eine terra in-
cognita; komme ich dann abends mit ihr zusammen, so nehme ich so nebenbei ein Buch, das da
liegt, blättere darin, lese halblaut, und lobe Eduard
wegen seiner Aufmerksamkeit. Gestern Abend nahm

ich mir vor, mittels eines Versuches ihre Spannkraft zu prüfen. Ich war unschlüssig, sollte ich ihr
von Eduard Schillers Gedichte leihen lassen, um
dann wie zufällig Theklas Gesang herauszufinden,
oder Bürgers Gedichte. Ich zog die letzteren vor,
besonders seine Leonore, weil dieselbe trotz ihrer
Schönheit doch etwas überspannt ist. Das Gedicht
las ich dann mit grossem Pathos vor. Cordelia
war davon bewegt, sie nähte rascher, als ob Wil-
helm sie als Leonore abholen wolle. Ich schwieg,
die Tante aber hatte, ohne besonders Anteil zu
nehmen, zugehört, sie erschreckte sich weder vor
einem lebenden, noch vor einem gestorbenen Wil-
helm, versteht auch ausserdem das Deutsche nicht
sehr gut, kam jedoch ganz in ihr Element, als ich
ihr das hübschgebundene Buch zeigte und die Unterhaltung auf die Buchbinderei lenkte. Ich hatte den
Zweck, den Eindruck des Pathetischen, den ich bei
Cordelia hervorgerufen, sofort wieder zu verwischen.
Es wurde ihr etwas bang, aber das Bangsein war
keine Versuchung für sie, sondern kam nur etwas
unheimlich über sie.
Mein Auge hat zum erstenmal heute auf ihr ge-
ruht. Schlaf könne die Lider so schwer machen,
sagt man, dass sie sich schliessen. Vielleicht lag
auch etwas Ähnliches in meinem Blick. Man
schliesst das Auge und doch dunkle geheimnisvolle
Kräfte regen sich dahinter. Sie weiss es nicht, dass
ich sie betrachte, sie empfindet es, empfindet es im

ganzen Körper. Man schliesst das Auge und es ist
Nacht, aber es ist heller Tag drinnen.
Eduard muss jetzt fort. Er versucht es bis zum
Äussersten zu bringen. Ich kann stündlich erwarten, er macht ihr eine Liebeserklärung. Niemand
weiss das besser als ich, sein Eingeweihter, der ihn
absichtlich in dieser Exaltation hält, um besser auf
Cordelia zu wirken. Aber erlauben, ihr seine Liebe
zu gestehen, das wäre zu weit gewagt. Ich weiss
wohl, ihre Antwort würde ein „Nein" sein, doch
damit wäre die Sache nicht abgemacht. Das würde
ihm zu weh thun, und sein Leid könnte Cordelia
bewegen und nachgiebig machen. Dadurch würde
aber der Stolz Cordelia wahrscheinlich leiden, so
viel reines Mitleid ist ungesund, und geschähe es,
so wäre meine ganze Absicht mit Eduard verpfuscht.
Zu Cordelia fängt meine Beziehung an dramatisch
zu werden. Ich kann mich nicht länger nur beobachtend benehmen, sonst ginge der rechte Augenblick vorbei. Überrascht muss sie werden, das
muss sein, dadurch komme ich auf den Platz, der
mir gebührt. Will man überraschen, muss man auf
der Hut sein, das, was in einem gewöhnlichen Fall
überraschend wirkt, würde hier vielleicht nicht so
auf sie wirken. So muss sie überrascht werden,
dass das, was im ersten Augenblick als Grund zur
Überraschung erscheint, etwas ganz Gewöhnliches
ist. Es muss erst nach und nach sich zeigen, dass
doch implicite etwas Überraschendes darin lag.

Dies ist das Gesetz auch für alles Interessante, und dies wieder das Gesetz für all mein Thun und Lassen gegenüber Cordelia.

Suspendiert man einen Augenblick die Energie der betreffenden Donna, so macht man ihr es unmöglich zu handeln, abhängig ist dies davon, ob man gewöhnliche oder ungewöhnliche Mittel benützt. In der Erinnerung lebt mir noch ein dummdreister Versuch auf eine Dame aus vornehmer Familie. Vergebens war ich ihr längere Zeit im Geheimen gefolgt, um mit ihr auf interessante Art anzuknüpfen, da eines Mittags treffe ich sie auf der Strasse. Überzeugt war ich, sie kannte mich nicht, und sie wusste auch nicht, ob ich aus derselben Stadt war. Sie war allein, ich ging an ihr vorbei, und sah sie wehmütig an, fast glaube ich, ich hatte Thränen in den Augen. Ich zog meinen Hut vor ihr. Sie blieb stehen. Und ich sagte mit bewegter Stimme und schwermütigem Blick: Sie dürfen mir nicht zürnen, mein gnädigstes Fräulein, aber es ist eine auffallende Ähnlichkeit zwischen Ihnen und einem Wesen, das ich mit ganzer Seele liebe, das aber weit von mir ist, und Sie müssen deshalb mein befremdendes Benehmen gütigst entschuldigen. — Natürlich glaubte sie, dass ich ein Schwärmer sei, etwas Schwärmerei hat ein junges Mädchen immer gern, besonders wenn sie zugleich fühlt, dass sie überlegen ist, und über einen lächeln darf. Wirklich, sie lächelte auch, es machte sie unbeschreiblich schön. Sie grüsste mich mit einer vornehmen Haltung und lächelte. Dann ging sie weiter und ich blieb ihr zwei Schritte nach. Nach einigen Tagen begegnete ich ihr· wieder und erlaubte mir, sie zu grüssen. Sie sah·mich freundlich lächelnd an. . . . Geduld ist eine kostbare Tugend, und wer zuletzt lacht, lacht am besten.

Aber wie soll ich Cordelia überraschen? Soll ich einen erotischen Sturm erregen, und Bäume mit den Wurzeln ausreissen? Ich könnte versuchen, sie dadurch vom festen Grund und Boden zu stossen, und dabei ihre Leidenschaft durch heimliche Mittel an den Tag bringen. Unmöglich wäre das nicht. Es liesse sich machen. Man kann ein junges Mädchen durch ihre Leidenschaft zu allem bewegen. Aber es wäre ästhetisch unrichtig, und würde bei ihr die Richtung verfehlen, die ich bezwecke. Ich bin kein Freund von Schwindel und dieser Zustand ist nur zu empfehlen, wenn man es mit solchen jungen Mädchen zu thun hat, die nur dadurch poetischen Abglanz bekommen können. In diesem Fall geht einem leicht der eigentliche Genuss verloren, denn zu viel Verwirrung ist auch schädlich. In ein paar Zügen würde ich das einsaugen können, was mir jahrelang zu gut kommen könnte. Ja, was noch schlimmer ist, ich müsste bereuen, denn hätte ich die Besinnung nicht verloren, hätte ich reicher und voller geniessen können. In Exaltation darf ich Cordelia nicht geniessen.

Das Zweckmässigste wäre eine richtige Verlobung.
Vielleicht wirkt es noch überraschender, wenn sie
eine nüchterne Liebeserklärung zu hören bekommt
und ich um ihre Hand anhalte, überraschender, als
wenn sie einer glühenden Erklärung zuhört und den
Dampf des von mir gereichten Trankes einsaugt,
sich klopfenden Herzens eine Entführung vorstellt.
Das Verdammte bei einer Verlobung ist aber das
Ethische dabei. In Wissenschaft und Leben ist das
Ethische immer das Langweilige. Welcher Gegensatz: Unter dem ästhetischen Himmel ist alles graziös, schön, flüchtig, aber kommt die Ethik ange-
schritten, so wird die Welt kahl, hässlich und un-
sagbar langweilig. Bei einer Verlobung ist im
strengsten Sinne nur die Ehe die ethische Realität.
Ihr bindendes Gesetz ist ex consensu gentium. Dies
ist mir von äusserster Wichtigkeit. Das Ethische
dabei würde gerade genug sein, um auf Cordelia
den Eindruck zu hinterlassen, dass sie die Grenze
des Gewöhnlichen überschritten hat, und doch wäre
es wieder nicht zu ernst, um bedenkliche Erschüt-
terungen zu befürchten. Vor dem Ethischen habe
ich immer einen gewissen Respekt gehabt. Selbst
nicht im Scherz, nie habe ich jungen Mädchen das
Heiraten versprochen. Scheint es, ich thue es hier,
so ist das nur eine scheinbare That, ich werde es
so zu machen wissen, dass sie mich aller Verpflichtung wieder enthebt. Ein Versprechen zu geben,
findet mein Ritterstolz verächtlich.

Es ist verächtlich, wenn ein Richter durch das Versprechen der Freiheit einen Verbrecher zum Bekenntnis bringen will. Ein Richter der Art giebt seine
eigene Kraft und sein Talent auf. Es kommt noch
der Umstand in meiner Praxis dazu, dass ich nur
den Wunsch nach einem freien Geschenk im strengsten Sinn habe. Schlechte Verführer mögen solche
Mittel anwenden, aber was erreichen sie denn?
Wer nicht versteht, ein junges Mädchen in dem
Grad unter seinen Zauber zu bringen, dass sie alles
aus dem Gesicht verliert, nur nicht das, was man
selbst will, dass sie sehen soll, wer nicht versteht,
sich in dem Grad in ein junges Mädchen einzu-
dichten, dass von ihm alles ausgeht, was er wünscht,
der ist ein Stümper. Ich beneide ihn nicht um
seinen Genuss. Ein solcher Mensch bleibt ein
Stümper, mich kann man so nicht nennen.
Ich bin ein Ästhetiker, ein Erotiker, der das Wesen,
die Pointe der Liebe, erfasst hat, der an die Liebe
glaubt, sie von Grund aus kennt und erlaube mir,
die private Ansicht zu äussern, jede Liebesgeschichte
darf höchstens ein halbes Jahr dauern, und dass
eo ipso jedes Verhältnis aufhört, sobald man vom
letzten genossen hat. Ich weiss das alles, und zugleich weiss ich, der höchste Liebesgenuss, der
sich vorstellen lässt, ist: geliebt zu werden, über
alles in der Welt geliebt zu werden. In ein Mädchen sich hineinzudichten, ist eine Kunst aber
ein Meisterstück ist es, sich aus demselben wieder

herauszudichten, letzteres aber hängt immer von
dem ersteren ab.

Eins wäre ausserdem noch möglich. Wenn sich
Eduard mit ihr verlobte, und ich der Freund des
Hauses würde. Unbedingt würde Eduard mir vertrauen, da ja sein Glück mein Werk ist. Ich würde
auf die Art versteckter sein. Doch es geht nicht. Aber
ohne von ihrer Höhe herabzusinken, kann sie sich
nicht mit Eduard verloben. Und meine Beziehung
zu ihr würde dadurch mehr pikant als interessant
werden. Bei einer Verlobung ist besonders die unendliche Prosa der Resonanzboden des Interesses.

Im Wahlschen Haus fängt alles an, bedeutungsvoller zu scheinen. Man merkt deutlich, hinter den
alltäglichen Formen bewegt sich ein heimliches
Leben, und das muss bald in der passenden Form
zum Ausdruck kommen. Das Wahlsche Haus be-
reitet sich auf eine Verlobung vor. Ein ganz ober-
flächlicher Beobachter ratet vielleicht, es wird aus
mir und aus der Tante etwas. Bei einer solchen
Ehe wäre am meisten einem kommenden Geschlecht
durch die Verbreitung landwirtschaftlicher Wissenschaft genützt. Ich würde Cordelias Onkel werden.
Ein Freund von Gedankenfreiheit bin ich wohl,
aber dieser Gedanke wäre so absurd, ich habe nicht
den Mut, ihn festzuhalten. Cordelia fürchtet von
Eduard eine Liebeserklärung, und er hofft, eine
solche entscheidet alles. Das wäre übrigens auch
sicher. Ich erspare ihm aber lieber die unange-

nehmen Folgen eines solchen Schrittes und komme ihm zuvor. Ich hoffe, ich kann ihn jetzt bald fortschicken, er fängt wirklich an, mir im Weg zu sein. So träumend und liebestrunken kommt er mir vor, dass man beinahe fürchtet, er erhebt sich plötzlich wie ein Somnambule und gesteht der ganzen Gemeinde seine Liebe ein, und das mit einem so objektiven Gesicht, dass er sich nicht mal Cordelia zu nähern wagt. Ich warf ihm heute einen Blick zu. Wie ein Elefant jemand auf seinen Rüssel nimmt, so nahm ich ihn auf meine Augen, gross wie er war, und warf ihn hinter mich. Trotzdem er sitzen blieb, glaube ich doch, er hat es im ganzen Körper gespürt.

Cordelia ist nicht mehr so sicher zu mir, wie sie früher war. Früher näherte sie sich mir immer weiblich sicher, jetzt schwankt sie etwas. Dies hat aber nichts zu bedeuten, und schwer wäre es mir nicht, alles wieder ins alte Geleise zu bringen. Doch ich will das nicht. Eine Exploration noch und dann die Verlobung. Diese kann nicht viel Schwierigkeiten machen, Cordelia sagt aus lauter Überzeugung ja und die Tante fügt ein herzliches Amen bei. Sie wird ausser sich vor Freude über solch einen landwirtschaftlichen Schwiegersohn. Schwiegersohn! Alles hängt doch wie an einer Erbsenranke aneinander, wenn man sich auf dieses Gebiet wagt! Eigentlich werde ich dann nicht ihr Schwiegersohn, sondern ihr Neffe, oder richtiger, wenn Gott will, keines von beiden.

100

23. Juli. Heute erntete ich die Frucht eines Gerüchtes, das ich habe verbreiten lassen, nämlich,
dass ich in ein junges Mädchen verliebt sei. Mit
Eduards Hilfe ist es auch zu Cordelias Ohren gekommen. Sie ist neugierig, sie beobachtet mich,
wagt aber nicht zu fragen. Und doch ist es ihr
nicht unwichtig, Gewissheit zu bekommen, teils weil
es ihr unwahrscheinlich, teils weil sie darin beinahe
einen Vorboten für sich sehen würde. Denn könnte
ein so kalter Spötter, wie ich, sich verlieben, würde
sie es auch können, ohne sich schämen zu müssen.
Heute leitete ich das Gespräch auf dies Thema. Ich
traue es mir zu, eine Geschichte so zu erzählen,
dass die Pointe nicht verloren geht, auch dass sie
nicht zu früh kommt. Die Zuhörer in Spannung
zu halten, durch Abweichungen episodischer Natur
mich darüber zu vergewissern, welchen Ausgang sie
wünschen, dass die Geschichte bekommen soll, über
den Fortgang derselben irre zu führen, das ist meine
Lust. Zweideutigkeiten zu gebrauchen, dass die Zuhörer nur in einer Weise das Erzählte auffassen,
um dann plötzlich einzusehen, die Worte können
auch anders verstanden werden, das ist meine Kunst.
Wenn man Gelegenheit haben will, Beobachtungen
nach einer gewissen Richtung hin anzustellen, dann
muss man eine Rede halten. Während eines Gespräches kann der, dem die Rede gilt, einem leichter
ausweichen, er kann durch Fragen und Antworten
leichter den Eindruck, den sie macht, verstecken.

Mit feierlichem Ernst fing ich meine Rede an die
Tante an: „Soll ich es dem Wohlwollen meiner
Freunde oder der Bosheit meiner Feinde zuschreiben, wer hat nicht von dem einen oder dem andern
zu viel?“ Hier machte die Tante eine Bemerkung,
die ich mit aller Macht zu verwischen suchte, um
Cordelia, die horchte, in Spannung zu halten. Eine
Spannung, die sie nicht auflösen konnte, da ich zu
der Tante sprach, und meine Stimmung feierlich
war. Ich fuhr fort: „Oder soll ich es einem Zufall zuschreiben, einem generatio aequivoca eines
Gerüchtes (dieses Wort verstand Cordelia offenbar
nicht, es verwirrte sie nur, besonders da ich eine
falsche Betonung darauf legte, und zugleich eine
listige Miene machte, als ob hier die Pointe läge),
dass ich, der gewöhnt bin, versteckt vor der Welt
zu leben, zu einem Gesprächstoff geworden bin,
indem man behauptet, ich sei verlobt.“ Cordelia
erwartete scheinbar meine Erklärung über das Gesagte, und ich setzte fort: „Meine Freunde behaupten so, weil man es doch für ein grosses Glück
halten muss, verliebt zu sein, (sie stutzte) meine
Feinde, weil man es doch lächerlich finden muss,
dass dieses Glück mir zu teil geworden ist (umge-
kehrte Wirkung), deswegen, weil nicht der geringste
Grund dazu vorhanden ist, oder soll ich es dem
generatio aequivoca des Gerüchtes zuschreiben, da
das Ganze durch eines leeren Hirns gedankenlosen
Umgang mit sich selbst entstand?“ Die Tante be-

eilte sich mit weiblicher Neugier zu fragen, mit wem
man es für gut befunden hätte, mich gerüchtweise
zu verloben? Aber ich wies jede Frage dieser Art
ab. Ich glaube, bei Cordelia hat diese ganze Geschichte nur beigetragen, Eduards Aktien um ein
Paar Points steigen zu lassen.

Der Augenblick der Entscheidung nähert sich. Ich
könnte bei der Tante schriftlich um Cordelias Hand
anhalten. Gewöhnlich macht man es so, als ob für
das Herz das Schreiben natürlicher wäre als das
Sprechen. Das Philisterhafte dabei würde mich beinahe zu dieser Art bestimmen, wenn dies überhaupt
meine Handlungsweise wäre. Doch würde ich es
wählen, entginge mir die eigentliche Überraschung
und von der kann ich nicht gutwillig abstehen. —
Ein Freund würde mir wahrscheinlich sagen: Über-
lege ihn Dir recht, den ernsten Schritt, den Du thun
willst, der für Dein ganzes Leben und für das Glück
eines anderen Wesens bestimmend ist. Ja, den
Vorteil hätte man, wenn man einen Freund hätte.
Einen Freund habe ich nicht. Ob es ein Vorteil
ist, will ich nicht entscheiden; dass ich aber nicht
von solchen Ratschlägen gepeinigt werde, das ist
ein absoluter Vorteil. Übrigens, im strengsten Sinne
des Wortes, ich habe die ganze Angelegenheit sehr
überlegt.

An einer Verlobung hindert mich also nichts. Dass
ich auf Freiersfüssen gehe, wer sieht mir das an;
meine unbedeutende Person wird bald aufhören,

eine Prosa zu sein und eine Partie werden, ja eine
gute Partie, wird die Tante meinen. Am meisten
bedauere ich bei der ganzen Geschichte die Tante,
denn ihre Liebe zu mir ist eine reine, aufrichtige,
ökonomische Liebe, und sie betet mich als ihr Ideal
beinah an.

Wohl habe ich in meinem Leben viele Liebeser-
klärungen gemacht und doch hilft mir hier meine
ganze Erfahrung nicht. Denn diese Erklärung muss
ganz eigener Art sein. Vor allem muss ich mir
klar machen, dass es eine fingierte Bewegung ist.
Ich habe mehrere Versuche gemacht, um zu unter-
suchen, nach welcher Richtung hin ich am besten
auftrete. Den Augenblick erotisch zu machen, wäre
bedenklich, da dieses leicht die Erwartung von dem,
was sich später entwickeln könnte, in sich schliessen
könnte. Im Ernst es zu machen, wäre gefährlich
— solcher Augenblick wäre für ein junges Mädchen
von zu grosser Bedeutung, dass ihre ganze Seele
sich darin fixieren kann, wie ein Sterbender in
seinem letzten Willen. Es freundlich, halb komisch
anzufangen, würde mit der Maske, die ich bis jetzt
gebraucht habe, nicht harmonieren und auch nicht
mit der neuen Maske, die ich jetzt zu tragen beab-
sichtige. Rasch und ironisch es thun, wäre zu viel
gewagt. Wäre es mit mir wie mit allen anderen
Menschen bei solcher Gelegenheit, wäre mir die
Hauptsache, das eigene kleine Ich herauszulocken,
das wäre die leichteste Sache der Welt. Freilich

104

ist es wichtig für mich, aber nicht absolut wichtig.
Denn trotzdem ich mir dies junge Mädchen ausge-
sucht habe, und trotzdem ich mein ganzes Interesse
auf sie verwendet habe, giebt es doch Bedingungen,
unter welchen ich ihr „Ja“ nicht annehmen würde.
Mir liegt absolut nichts daran, das junge Mädchen
äusserlich zu besitzen, sondern sie künstlerisch zu
geniessen. Der Anfang muss deshalb so künstlerisch
als möglich sein. Der Anfang muss so vague als
möglich sein, er muss alle Möglichkeiten in sich
tragen. Wenn sie in mir gleich einen Betrüger
sieht, dann fasst sie mich falsch auf, denn ich bin
kein Betrüger in gewöhnlichem Sinn. Wenn sie in
mir einen getreuen Liebhaber sieht, so fasst sie
mich auch falsch auf. Es heisst, sich so halten,
dass ihre Seele durch dieses Auftreten so wenig als
möglich festgestellt wird. In einem Augenblick ist
die Seele des jungen Mädchens prophetisch wie die
eines Sterbenden. Dies muss verhindert werden.
Meine liebenswürdige Cordelia! Ich betrüge Dich
wegen etwas Schönem, aber ich kann nicht anders
sein, ich will Dir dafür allen Ersatz geben. Der
ganze Auftritt muss so unbedeutend als möglich gemacht werden, dass sie, wenn er gewesen ist, sie
sich gar nicht klar zu machen vermag, was in diesem Verhältnis verborgen liegt. Die Unbegrenztheit
von Möglichkeiten ist eben das Interessante. Ist sie
im stande, etwas vorauszusehen, dann habe ich einen
Fehler in meinem Auftreten begangen und das ganze

Verhältnis verliert seine Bedeutung. Dass sie Ja sagen sollte, weil sie mich liebt, ist undenkbar, denn sie liebt mich ja gar nicht. Am besten wäre es, wenn ich aus der Verlobung statt eine Handlung ein Ereignis machen könnte, aus etwas was sie thut, etwas was ihr passiert, und wovon sie sagen muss: Gott weiss, wie es eigentlich zuging. —

31. Juli. Ich habe heute einen Liebesbrief für einen andern geschrieben. Erstens ist es recht interessant, sich so ganz in die Situation hineinzuversetzen, ohne dabei seine Gemütlichkeit preisgeben zu müssen. Ich zünde meine Pfeife an, höre dem Bericht zu und erhalte die Briefe, die sie schon geschrieben hat. Ich habe immer mit Sorgfalt studiert, wie ein junges Mädchen schreibt. Er sitzt wie eine verliebte Ratte dabei, liest mir ihre Briefe vor, während ich ihn mit lakonischen Zwischenreden unterbreche, und sage: sie versteht für sich zu reden, sie hat Empfindung, Geschmack, sie ist vorsichtig, gewiss hat sie schon früher geliebt u. s. w. Und ausserdem thue ich ein gutes Werk. Ich vereinige zwei junge Menschen, dann quittiere ich. Wenn ich ein Paar glücklich gemacht habe, suche ich mir ein Opfer dabei aus; ich mache zwei glücklich und höchstens eine unglücklich. Ehrlich bin ich und zuverlässig, nie habe ich die betrogen, die sich mir anvertrauten. Natürlich gewinne ich immer etwas dabei, aber das sind gesetzliche Sporteln. Und warum

106

eigentlich giebt man mir so viel Vertrauen? Weil
ich Lateinisch gelernt habe, fleissig studiere, und
meine eigenen Angelegenheiten für mich behalte.
Und weshalb sollte ich kein Vertrauen verdienen,
ich missbrauche es nie.

2. August. Mein Augenblick war gekommen. Ich
sah die Tante von weitem auf der Strasse und
wusste, dass das Haus frei war. Eduard war auf
dem Zollamt, ich konnte also ruhig annehmen, dass
Cordelia allein zu Hause war. Und so war es.
Cordelia war allein zu Hause und sass an ihrem
Nähtisch. Ich habe die Familie nur selten vormittags besucht, deshalb wurde sie etwas affiziert, als
sie mich sah. Beinahe wäre die Situation zu aufgeregt geworden. Sie hätte in dem Fall nicht Schuld
gehabt, denn sie war rasch gefasst, nur mir machte
sie trotz meines Panzers, den ich um mich gelegt
hatte, einen unbeschreiblichen Eindruck. Sie war
reizend in dem einfachen blaugestreiften Shirting-
kleid, auf der Brust eine frischgepflückte Rose.
Sie selber war eine frischgepfückte Blume, so frisch,
als wäre sie eben erst erschienen. Und weiss jemand
überhaupt, wo junge Mädchen die Nacht verbringen;
im Land der Illusionen, denke ich, aber jeden Morgen kehren sie heim, und deshalb die jungfräuliche
Frische. So jugendlich und doch gereift sah sie
aus. Als wenn die Natur, die zärtliche reiche Mutter, sie eben aus ihrer Hand hingestellt hätte. Es

war mir, als hätte ich diesem Abschied zugeschaut, und
sah, wie jene liebevolle Mutter sie noch einmal in
den Arm nahm, und ich hörte, sie sagt zu ihr:
„Geh in die Welt, mein Kind, für Dich habe ich
mein bestes gethan, nimm diesen Kuss als ein Siegel
auf Deinen Mund, ein Siegel, welches Dich heilig
hält, niemand kann es brechen, es sei, dass Du es
selbst willst; aber wenn der einzige kommt, dann
wirst Du durch dieses Siegel Dein Heiligtum verstehen." Und sie drückte auf ihre Lippen einen
Kuss, der kein menschlicher Kuss war, der endlich
ist, sondern ein göttlicher Kuss, der Unendliches
giebt, der dem Mädchen die Macht des Kusses giebt.
Tiefe Natur, wie feinsinnig und geheimnisvoll du
bist, du giebst dem Mann das Wort und dem Mädchen die Beredsamkeit im Kuss! Sie hatte diesen
Kuss auf den Lippen, und den Abschied auf der
Stirn, und den fröhlichen Gruss in ihrem Auge,
darum sah sie so häuslich aus, denn von der Welt
kannte sie nichts, sondern nur die Weltmutter kannte
sie, die Treue, Gute, die ungesehen über ihr wachte.
Bald war ich wieder Herr meiner Leidenschaft, und
trat feierlich blöde auf, wie es der gute Ton vor-
schreibt, wenn man will, dass etwas in geheimnisvoller Weise geschehen soll, dem man keine grosse
Bedeutung geben will.
Nach einigen einleitenden Äusserungen rückte ich
näher zu ihr, und kam mit meinem Antrag hervor.
Spricht ein Mensch wie ein Buch, so ist es unend-

lich langweilig, ihm zuzuhören, doch zuweilen ist
es sehr angebracht, so zu sprechen. Ein Buch hat
von allen Eigenschaften das seltsame, man kann
es auslegen wie man mag. Ebenso ist es, wenn
jemand wie ein Buch redet. Ich blieb ganz nüch-
tern bei den gewöhnlichen Formeln. Es war nicht
zu leugnen, sie schien, ganz wie ich es erwartete,
überrascht. Wirklich, ich weiss es nicht zu erklären, wie sie dabei aussah. Sie sah ungefähr
aus wie der noch ungeschriebene, aber verheissene
Kommentar meines Buches, ein Kommentar, der
die Möglichkeit jeder Interpretation giebt. Es fehlte
nur ein Wort und sie hätte mich verlacht, ein Wort
nur, sie wäre bewegt gewesen, ein Wort, und sie
hätte mich geflohen; aber kein Wort kam mehr
über meine Lippen, feierlich blieb ich und hielt
mich genau an das Ritual. — „Da Sie mich erst
so kurze Zeit kennen" — O mein Gott, auf solche
Schwierigkeit stösst man nur, wenn man sich verloben will, nie denkt man daran, von kurzem Kennen zu sprechen, wenn man den gedankenlosen
edlen Rosenpfad der Liebe geht.
Sonderbar! In den letzten Tagen, da ich meine Angelegenheit überdachte, da zweifelte ich nie, dass
sie „ja" sagen würde, wenn ich sie überraschte.
Man sieht, wie wenig alle Vorbereitungen nützen.
Nichts geschah, wie ich es erwartet hatte. Weder
„ja" noch „nein" sagte sie. Ich hätte es vorher-
wissen müssen. Das Glück verfolgt mich wirklich,

denn das Resultat war besser als ich erwartet hatte. Denn sie wies mich an die Tante.

Die Tante gab ihre Einwilligung, — daran hatte ich nie gezweifelt — und Cordelia folgte dem Rat der Tante.

Sehr poetisch war meine Verlobung durchaus nicht — dessen kann ich mich thatsächlich nicht rühmen, sie war masslos philisterhaft, und gemein bürgerlich. Das junge Mädchen kann sich nicht entscheiden, „ja“ oder „nein“ zu sagen; die Tante sagt „ja“, das junge Mädchen sagt auch „ja“, ich nehme das junge Mädchen, das Mädchen nimmt mich — und nun erst soll die Geschichte anfangen.

3. August. Also bin ich verlobt. Und Cordelia auch. Das ist ungefähr alles, was sie von der Sache weiss: Hätte sie eine Freundin, mit der sie offen reden könnte, sie würde sagen: „Was bedeutet das alles, ich verstehe es wirklich nicht. Etwas zieht mich zu ihm hin, was es ist, das bin ich mir nicht klar, er übt eine wunderbare Anziehung auf mich aus. Fragst Du mich aber, ob ich ihn gern habe, liebe? Nein, das thue ich nicht, und nie werde ich es können. Dagegen recht gut kann ich mit ihm zusammenleben, und deshalb auch mit ihm glücklich werden; er fordert gewiss nicht so viel, er will nur, dass man bei ihm aushält.“ Meine liebe Cordelia, er fordert vielleicht mehr, mehr als Du Dir denken kannst, mehr als bei ihm auszuhalten! — —

Vom Lächerlichen ist das Allerlächerlichste thatsächlich eine Verlobung. Es ist doch noch Sinn
bei der Ehe, wenn dieselbe auch viel Unbequemes
hat. Aber sich zu verloben, ist eine menschliche
Erfindung, ihrem Erfinder macht sie keine Ehre.
Eduard ist rasend, voll Erbitterung. Der Bart wächst
ihm willkürlich, und was viel bedeutet, er hat seinen schwarzen Anzug fortgelegt. Mit Cordelia will
er sprechen und ihr meinen entsetzlichen Betrug
darstellen. Wird das eine aufregende Scene werden:
Eduard unrasiert, verwahrlost gekleidet, mit Cordelia
laut sprechend! Wenn er nur nicht durch seinen
langen Bart triumphiert. Ich suche ihm vergebens
Verstand beizubringen, ich sage ihm, die Tante hat
die Verlobung gewollt, vielleicht hege Cordelia noch
Gefühle für ihn, und könne er sie gewinnen, ich
wolle dann gern zurücktreten u. s. w. Er bedenkt
sich einen Augenblick, ob er nicht seinen Bart
stutzen lassen soll und sich einen neuen schwarzen
Anzug anziehen soll, aber dann im nächsten Augenblick
fängt er wieder wütend zu schimpfen an. Ich versuche alles, um ihn zum Frieden zu bringen. Und
so sehr er auf mich wütend ist, keinen Schritt thut
er, den er nicht erst mit mir überlegt; er vergisst
es nicht, dass ich sein treuer Mentor gewesen bin.
Weshalb soll ich ihm die letzte Hoffnung nehmen,
weshalb mit ihm brechen? Er ist ein lieber Mensch,
und wer weiss, zu was er mir noch gute Dienste
leisten kann.

Ich habe nun eine doppelte Aufgabe, erstens muss ich alles vorbereiten, um die Verlobung wieder rückgängig zu machen, und mir dafür ein schöneres Verhältnis von tieferer Bedeutung zu Cordelia sichern. Zweitens muss ich meine Zeit auf das beste ausbeuten, indem ich mich all der entzückenden Liebenswürdigkeit erfreue, mit der die Natur sie so freigebig geschmückt hat, aber alles das muss ich mit der Zurückhaltung und Begrenzung thun, die mir verbietet, etwas vorwegzunehmen. Hat sie dann in meiner Schule „lieben", „mich lieben" gelernt, dann wird die Verlobung als eine ungenügende Form der Liebe aufgelöst, und sie ist mein. Andere rennen sich fest, wenn sie auf diesem Punkt angekommen sind, und haben dann gute Aussicht auf eine langweilige Ehe in alle Ewigkeit. Jeder nach seinem Geschmack.

Alles ist noch im status quo; aber ich kann mir kaum einen glücklicheren Bräutigam denken als mich, oder einen Geizigen, der ein Goldstück gefunden hat, geiziger als ich. Der Gedanke, dass sie in meiner Macht ist, berauscht mich. Eine Weiblichkeit, rein, unschuldig, durchsichtig wie das Meer, und zugleich wie das Meer tiefsinnig, ohne eine Ahnung von Liebe! Sie soll es nun lernen, welche Macht die Liebe ist. Wie eine Königstochter, die aus niederer Hütte auf den Thron ihrer Väter geführt wird, so soll sie nun ihr Königreich betreten, das ihre wahre Heimat ist. Durch mich

soll es geschehen, denn lernt sie, was lieben heisst,
so lernt sie mich lieben. Indem sie die volle Bedeutung der Liebe kennen lernt, wendet sie dieselbe
an, um mich zu lieben, und wenn sie zu ahnen
beginnt, dass sie es von mir gelernt hat, dann liebt
sie mich doppelt. Der Gedanke an meine Freude
ist derart überwältigend für mich, dass ich fast be-
sinnungslos werde. Ihre Seele ist nicht verflüchtigt
oder durch die unbestimmten Bewegungen der Liebe
schlaff geworden. Viele Mädchen, die zum Lieben
kommen, haben in ihrer Seele ein unbestimmtes
Nebelbild, das ihr Ideal sein soll, womit sie den
Gegenstand der Liebe prüfen. Aus solchen Halb-
heiten geht ein Etwas hervor, das einem christlich
durch die Welt helfen kann, aber nicht mehr.
Wenn dagegen die Liebe in ihrer Seele erwacht,
so durchschaue ich sie, und horche aus ihr all die
Stimmen der Liebe heraus. Ich untersuche, wie
sie sich bei ihr gestaltet hat, und mache mich ihr
selbst ähnlich. Und wie ich unmittelbar in die Geschichte aufgenommen bin, die die Liebe in ihrem
Herzen abspielt, so komme ich auch wieder von
aussen ihr entgegen, so betrügend als möglich. Ein
junges Mädchen liebt doch nur einmal.
Nun bin ich in Cordelias rechtmässigem Besitz, der
Tante Segen habe ich und der Freunde und Verwandten Gratulation. Des Krieges Mühe hat ihr
Ende erreicht, die Segnungen des Friedens sind im
Anzug. Welcher Unsinn! Als ob Segen der Tante

und Gratulation der Freunde mir Cordelias wirklichen Besitz geben könnten. Als ob die Liebe je einen Gegensatz zwischen Kriegs- und Friedenszeit hätte, als ob sie sich nicht, so lang sie dauert, im Streit äussert, wenngleich mit verschiedenen Waffen. Der Unterschied ist nur der, ob in naher oder weiter Entfernung gestritten wird, ob „cominus“ oder „eminus“ gestritten wird. Je mehr in einem Liebesverhältnis „eminus“ gestritten wurde, desto trauriger, denn desto unbedeutender wird das Handgemenge. Zum Handgemeng gehört der Händedruck, die Berührung mit der Fusspitze — etwas was Ovid, wie bekannt, ebenso empfiehlt als auch mit tiefer Eifersucht eifrig bekämpft — um nicht vom Kuss und der Umarmung zu sprechen. Wer „eminus“ kämpft, hat gewöhnlich nur ein Auge, auf das er sich verlassen kann, und trotzdem wird er, wenn er Künstler ist, diese Waffe mit einer Geschicklichkeit anwenden, dass er beinah dasselbe erreicht. Er soll sein Auge auf einem Mädchen mit einer desultorischen Zärtlichkeit ruhen lassen, die so wirkt, als ob er sie durch Zufall berührt. Er muss im Stande sein, sie so mit seinen Augen fest zu greifen, als schliesse er sie in seine Arme. Trotzdem ist es immer ein Fehler oder ein Unglück, wenn man zu lang „eminus“ kämpft, denn ein solcher Kampf ist nur ein Symbol und noch kein eigentlicher Genuss. Wenn man „cominus“ kämpft, dann erst bekommt alles seine wirkliche Bedeutung.

114

Ist im Lieben kein Kampf mehr, so hat die Liebe
aufgehört. Ich habe so nie als „eminus“ gekämpft,
und bin deshalb nicht beim Schluss, sondern am
Anfang. Jetzt erst rücke ich mit den Waffen heraus. Ja, ich bin in Cordelias Besitz, das ist wahr,
ich bin es in juridischer und spiessbürgerlicher Bedeutung des Wortes; aber daraus schliesse ich absolut noch nichts, ich habe höhere Vorstellungen.
Sie ist mit mir verlobt, das ist wahr, aber dürfte
ich deshalb sicher voraussetzen, dass sie mich liebt,
so wäre das ein Selbstbetrug, denn sie liebt mich
gar nicht. Sie ist mein nach dem Gesetz, und doch
ist sie nicht mein, so wie ich kein Mädchen mein
nennen kann, wenn ich sie nicht gesetzlich besitze.

Auf heimlich errötender Wange
Leuchtet des Herzens Glühn.

Sie sitzt auf dem Sofa am Theetisch, ich neben ihr
auf einem Stuhl. Diese Stellung zeigt Vertrauen
und doch wieder eine Vornehmheit, die fern hält.
Es hängt ausserordentlich viel von der Stellung ab,
das heisst für einen, der ein Auge dafür hat. Die Liebe
hat verschiedene Positionen, diese ist die erste. Wie
dieses Mädchen von der Natur königlich ausgestattet
wurde, ihre reinen weichen Formen, ihre tiefe jungfräuliche Unschuld, ihr helles Auge, — das alles
berauscht mich. Ich hatte sie begrüsst. Wie immer
kam sie mir froh entgegen, etwas verlegen, vielleicht
etwas unsicher. Unser Verhältnis ist seit der Verlobung doch etwas verändert, aber wie, das ist ihr

115

nicht bewusst. Sie fasste meine Hand, aber nicht
wie sonst lächelnd. Ich gab diesen Gruss mit einem
leichten kaum merklichen Handdruck zurück und
war mild und freundlich, ohne erotisch zu sein. —
Sie sitzt auf dem Sofa am Theetisch. Alles ist so
still und feierlich, wie wenn die Erde im Morgen-
rot glüht. Es kommt ihr kein Wort über die Lippen, ihr Herz allein ist bewegt. Mein Auge weilt
auf ihr, aber nicht in sündiger Lust, wahrhaftig,
das wäre zu niederträchtig. Wie über das Feld die
Wolke, so zieht eine feine Röte über ihr Gesicht.
Was das bedeutet? Ist es die Liebe, Sehnsucht,
Hoffnung, Furcht? Denn Rot ist die Herzfarbe.
Nein. Sie erstaunt, sie verwundert sich — aber
über mich nicht, nicht über sich selbst, sie erstaunt
in sich selbst, denn in sich selbst wird sie umge-
wandelt. Solch ein Augenblick verlangt Stille, keine
Reflexion soll ihn stören, kein Leidenschaftsturm
darf ihn unterbrechen. Es sieht aus, als wäre ich
nicht anwesend, und gerade meine Anwesenheit ist
die Bedingung ihrer kontemplativen Verwunderung.
Mein Wesen ist mit ihr in Harmonie. Zu solchen
Stunden betet man ein Mädchen, wie manche Gott-
heiten, schweigend an.
Glücklich bin ich, dass ich das Haus meines Onkels
habe. Wenn ich einem Mädchen Widerwillen gegen
das Tabakrauchen beibringen möchte, so brauchte
ich sie nur in irgend einen Rauchsalon einzuführen.
Wenn ich aber einem Mädchen die Freude an der

Verlobung nehmen will, so brauche ich sie nur bei
meinem Onkel einzuführen. Sein Haus ist der Ver-
sammlungsort aller Verlobten. Eine grässliche Gesellschaft, in die man da hineinkommt, und ich
kann es Cordelia nicht übel nehmen, dass sie dabei
ungeduldig wird. Sind wir dort en masse beiein-
ander, so glaube ich, wir sind zehn Paare, ausser
den annektierten Bataillonen, die zu den grossen
Festlichkeiten in die Hauptstadt kommen. Wir Verlobten können so recht aus vollem Becher die Freude
des Verlobtseins geniessen. Den ganzen Abend hört
man nur einen Laut, wie wenn einer mit der Flie-
genklatsche umhergeht — das sind die Küsse der
Liebenden! Denn man ist in diesem Haus von einer
geradezu liebenswürdigen Ungeniertheit; man sucht
nicht einmal versteckte Plätze auf, alle sitzen um einen
grossen runden Tisch. Auch ich thue so, als wolle
ich Cordelia ebenso behandeln. Dabei muss ich
mich aber sehr beherrschen. Und wirklich, es wäre
empörend, würde ich in dieser Weise ihre reine
Jungfräulichkeit so verletzen. Ich würde mir dabei
stärkere Vorwürfe machen, als wenn ich sie hingeben würde. Überhaupt, jedem Mädchen, dass
sich mir anvertraut, kann ich eine vollkommen ästhetische Behandlungsweise zusichern: die Geschichte
endet nur immer damit, dass sie betrogen ist; aber
in meiner Ästhetik steht als Satz fest: entweder ist
der Mann vom Mädchen betrogen, oder das Mädchen vom Mann. Es wäre durch Statistik aus Ge-

schichten, Märchen, Sagen, Volksliedern und Mythologien interessant, zu konstatieren, ob öfter das Mädchen oder der Mann treulos ist.

Die Zeit, die ich um Cordelia verschwende, ärgert mich nicht, obgleich jedes Begegnen langwierige Vorbereitungen verlangt. Ich erlebe mit ihr das Werden einer Liebe. Ich selbst bin beinahe unsichtbar dabei, trotzdem ich sichtbar an ihrer Seite sitze. So wie ein Tanz, der von Zweien getanzt werden muss, nur von einer getanzt wird, so ist mein Verhältnis zu ihr. Ich bin nämlich der zweite Tänzer, trotz meiner Unsichtbarkeit. Sie bewegt sich wie in Träumen und doch tanzt sie mit einem andern, und dieser andere bin ich, der, wenn er sichtbar anwesend ist, unsichtbar ist, und wenn unsichtbar anwesend, sichtbar wird. Die Bewegung verlangt einen Partner, sie biegt sich zu ihm, sie reicht ihm die Hand, sie flieht, sie nähert sich ihm, ich nehme ihre Hand, ich vervollständige ihren Gedanken, der schon in sich vervollständigt ist. Sie bewegt sich in der Melodie ihrer Seele. Ich bin nur die Ursache dazu, dass sie sich bewegt. Ich bin nicht erotisch, das würde sie nur wecken, ich bin biegsam, geschmeidig, unpersönlich beinah wie eine Stimmung.

Über welches Thema sprechen die Verlobten? Soviel mir bekannt ist, versuchen sie sich gegenseitig mit ihren ehrenwerten Familien bekannt zu machen. Kein Wunder, dass dabei alles Erotische aufhört.

Man muss verstehen, die Liebe zu etwas Absolutem
zu machen, vor welchem alles andere auf die Seite
tritt, sonst sollte man niemals versuchen zu lieben,
auch wenn man zehnmal heiraten will. Ob meine
Tante Marianne heisst, mein Onkel Christoph, mein.
Vater Major ist, das geht doch die Mysterien der
Liebe nichts an? Sogar das eigene vergangene Leben
bedeutet nichts. Hat ein junges Mädchen überhaupt
etwas zu erzählen? Und weiss sie etwas, vielleicht
lohnt es sich, ihr zuzuhören, aber gewöhnlich lohnt
es sich nicht, sie dabei zu lieben. Ich wenigstens
verlange keine Geschichten, das Unmittelbare ist
mir genügend. Das Ewige in der Liebe ist, dass
die Individuen erst im Liebesaugenblick für einander
auf die Welt gekommen sind.
Ich muss ihr etwas Vertrauen einflössen, oder besser
einige Zweifel von ihr entfernen. Zu der Zahl der
Liebenden, die einander aus Achtung lieben, die
einander aus Achtung heiraten oder aus Achtung
gar Kinder zeugen, dazu gehöre ich gerade nicht,
und doch, ich weiss gut, die Liebe fordert, so lange
die Leidenschaft noch schlummert, dass das Ästhetische und Moralische miteinander in Konflikt kommen. Dort hat die Liebe ihre selbständige Dialektik. Meine Beziehung zu Eduard kann weniger vor
der Moral bestehen, als meine Beziehung zur Tante,
und doch ist es leichter, das erstere vor Cordelia
zu verteidigen als das letztere. Und ich habe, trotzdem sie keine Äusserung darüber that, es für pas-

sender gehalten, ihr zu sagen, dass ich nicht anders
handeln konnte. Die Vorsicht, die ich dabei angewendet, schmeichelt ihrer Eigenliebe, die geheimnisvolle Art, womit ich alles lenkte, weckt ihre Aufmerksamkeit. Es könnte wohl dabei aussehen, dass
ich dadurch schon zu viel erotische Erfahrung verrate, und mir selbst widerspreche, wenn ich später
einmal die Bemerkung entschlüpfen lassen muss,
ich hätte noch nie geliebt. Doch das macht nichts.
Davor ist mir nicht bang, wenn sie es nur nicht
bemerkt und ich das erreiche, was ich haben will.
Mögen Gelehrte eine Ehre darein setzen, dass sie
sich niemals im geringsten widersprechen, das Leben
eines jungen Mädchens ist so reich und ist deshalb
auch voll Widersprüche und fordert die Widersprüche heraus.
Stolz ist sie und hat von dem Erotischen eigentlich
keinen richtigen Begriff. Beugt sie sich auch in
gewissem Masse vor meinem Geist, so ist es doch
nicht ausgeschlossen, dass sie ihren Stolz gegen
mich herauskehrt, wenn das Erotische seine Rechte
verlangen will. Im Grund ist sie ahnungslos über
die eigentliche Bedeutung eines Weibes. Darum
war es auch leicht, sie gegen Eduard gereizt zu
machen. Dieser Stolz aber war ganz excentrisch,
sie weiss ja gar nicht, was Liebe ist. Kommt diese
Erkenntnis einmal über sie, dann wird sie in des
Wortes bester Bedeutung stolz werden. Aber von
jenem Excentrischen könnte leicht wieder ein Rest

120

dazu kommen. Dann wäre es möglich, dass es sich
gegen mich wenden könnte. Wenn sie auch nicht
bereuen wird, dass sie in die Verlobung eingewil-
ligt hat, so wird sie doch mit Leichtigkeit einsehen,
dass ich einen guten Kauf gemacht habe. Sie wird
einsehen, dass von ihrer Seite der Anfang nicht
richtig gemacht wurde. Wenn ihr das klar wird,
wird sie wagen, mir die Spitze zu bieten. So muss
es werden. Dabei werde ich mich überzeugen können, wie tief sie von mir berührt wurde.

Sehr richtig. Lange schon sehe ich unten in der
Strasse diesen reizenden kleinen Krauskopf, der sich
so weit, als er nur kann, aus dem Fenster streckt.
Der dritte Tag ist es jetzt, dass ich ihn beobachte....
Junge Mädchen stehen sicher nicht ohne Grund
immer wieder am Fenster, vermutlich hat sie ganz
besondere Gründe.... Aber um Gotteswillen, ich
flehe Sie an, lehnen Sie sich doch nicht so schrecklich weit aus dem Fenster; ich wette zehn gegen
eins, Sie stehen dabei auf einem Stuhl, man sieht
es ja. Bedenken Sie, wie entsetzlich, wenn Sie nicht
mir, sondern ihm, ihm auf den Kopf fallen....
Nein, wie? Seh' ich recht! Da naht sich ja mein
Freund, der Lizentiat Hansen. Es liegt etwas Aussergewöhnliches in seinem Auftreten. Er braucht ein
aussergewöhnliches Beförderungsmittel, sehe ich
recht, er kommt auf den Flügeln der Sehnsucht.
Verkehrt er im Hause? Ohne mein Wissen?....

Schönes Fräulein, verschwinden Sie? Ach! Sie
möchten ihm sicher die Thür öffnen.... Kommen
Sie wieder, er wird nicht hineingehen.... Oder,
wissen Sie es besser? Doch ich muss Ihnen die
Versicherung geben, .... er sagt es mir ja eben ins
Gesicht, dass er nicht in Ihr Haus wollte. Hätte der
vorüberfahrende Wagen nicht so grässlichen Lärm
gemacht, so hätten Sie es selbst hören können. Ich
fragte ihn so en passant: Du willst hier hinein?
Er antwortete mir klar und vernehmlich: Nein....
Nun können Sie uns „Lebewohl“ sagen, denn der
Herr Lizentiat geht jetzt mit mir spazieren. Er ist
verlegen geworden, verlegene Menschen reden gern.
Ich will mit ihm über das Pfarramt sprechen, um
das er sich beworben hat.... Leben Sie wohl, mein
schönstes Fräulein. Jetzt müssen wir zu dem Zoll
gehen. Wenn wir dann zurückkommen, sage ich
zu ihm: aber es ist doch verteufelt, wie Du mich
mitziehst, ich wollte in die Westergade.———
Nun, sehen Sie, da sind wir wieder.... Ach wie
treu von Ihnen! Sie stehen immer noch am Fenster.
Jeder Mann muss mit einem solchen Mädchen glücklich werden.... Aber weshalb richte ich alle diese
Geschichten an? Bin ich ein niederträchtiger Mensch,
der sich freut, andere zum besten zu haben? Durchaus nicht. Aus Sorge für Sie thue ich es, mein
liebenswürdiges Fräulein. Erstens: Sie warteten auf
den Lizentiaten, sehnten sich nach ihm, und nun
wird es doppelt schön sein, wenn er kommt. Zwei-

tens: Tritt der Lizentitat nun zur Thür herein, so
sagt er: „Da bin ich endlich, Gott weiss es, beinahe
wären wir verraten worden, der verdammte Mensch
stand unter der Thür, als ich Dich besuchen wollte!
Ich aber war klug, ich fing eine lange Unterhaltung
mit ihm an, und sprach gemütlich über das Amt,
um das ich mich beworben habe. Ich bekam ihn
bis zum Zoll mit mir. Gemerkt hat er nichts.“
Also nun. Sie müssen so den Lizentiaten wegen
seiner Klugheit noch mehr als vorher lieben. Ge-
wusst haben Sie es immer, dass er ein grosser Ge-
lehrter war, aber dass er so klug war .... ja, nicht
wahr, jetzt erkennen Sie es erst. Wenn Ihre Verlobung erklärt wäre, müsste ich es wissen. Schön
und lieblich ist das Mädchen anzusehen, aber sie
ist noch jung. Vielleicht ist ihr Verstand noch
nicht reif. Könnte sie sonst einen so ernsten Schritt
thun, ohne die rechte Überlegung? Man muss es
verhindern. Ich will mit ihr sprechen. Ich bin es
ihr schuldig, da sie ein zu liebenswürdiges Mädchen
ist. Und dem Lizentiaten schulde ich es, weil er
mein Freund ist, und ihr bin ich es schuldig, weil
sie die Zukünftige meines Freundes ist. Ich schulde
es auch der Familie, die gewiss sehr achtenswert
ist, überhaupt ich schulde es der ganzen Menschheit, weil ich ein gutes Werk dadurch thue. Ganze
Menschheit! Grosser, erhebender Gedanke, zu handeln im Namen der ganzen Menschheit, im Besitz
einer solchen Generalvollmacht zu sein. — Jetzt zu

Cordelia zurück. Stimmung kann ich immer gebrauchen, und die schöne Sehnsucht des Krauskopf hat mich wirklich angenehm berührt.

Der erste Krieg mit Cordelia fängt jetzt also an. Der Krieg, wo ich ihr siegen lehren will, indem ich fliehe und sie mich verfolgt. Ich verhalte mich zurückziehend und so lernt sie durch mich alle Mächte der Liebe kennen, unruhige Gedanken, Leidenschaft, erkennt die Gefühle der Sehnsucht, Hoffnung und ungeduldiges Warten. Während ich so für sie figuriere, entwickelt sich bei ihr alles in entsprechender Weise. Ein wirklicher Triumphzug ist das — und ich preise ihre Siege in dithyrambischen Liedern und zeige ihr den einzigen Weg, den sie zu gehen hat. Sie muss an die Allmacht der Liebe glauben, sieht sie erst, wie ich mich ihrem Herrscherstab beuge. Sie muss mir glauben, teils weil ich meiner Kunst sicher bin, teils weil meine That auf einer tiefen Wahrheit fusst. Die Liebe erwacht auf diese Weise in ihrer Seele, und sie bekommt als Weib die erste Weihe. — Bisher habe ich noch nicht auf philiströse Weise um sie gefreit; jetzt aber thue ich es, indem ich sie frei mache und dann lieben will. Sie darf nicht ahnen, dass sie mir das verdankt, das würde ihr das Selbstvertrauen nehmen. Ist sie aber frei und fühlt es, so dass sie fast mit mir brechen möchte, dann geht erst der rechte Krieg an. Sie ist noch voll Leiden-

schaft und der Krieg hat für mich die Bedeutung, die unberechenbar ist. Bräche sie aus Stolz mit mir? Nun gut! Mag sie ihre Freiheit haben; mein wird sie doch. Es ist dumm, anzunehmen, dass die Verlobung sie binden könnte. Nur in Freiheit will ich von ihr Besitz nehmen. Verlässt sie mich auch, der zweite Krieg wird trotzdem beginnen, und in diesem zweiten Krieg bin ich so sicher Sieger, wie ihr erster Sieg eine Täuschung war. Wird ihre Kraft grösser, so wird es für mich um so unterhaltender. Der erste Krieg ist der Befreiungskrieg, den führe ich spielend, der zweite ein Eroberungskrieg, der geht auf Leben und Tod.
Liebe ich Dich, Cordelia? Ja! Aufrichtig? Ja! Auch treu? Ja! Treu in ästhetischer Bedeutung und das ist doch auch etwas wert. Was hätte es Dir junges Mädchen genützt, wärst Du in die Hände eines Dummkopfes von einem Ehemann geraten. Was wäre aus ihr geworden? Nichts. Man pflegt zu sagen, es gehöre mehr als Ehrlichkeit dazu, um durch die Welt zu kommen; ich möchte behaupten, mehr Ehrlichkeit gehört dazu, ein solches Mädchen zu lieben. Und doch liebe ich sie treulich. Ich bewache mich selbst streng, damit alles Verborgene in ihr, ihre grosse reiche Natur sich entfalten darf. Von Wenigen bin ich einer, die das können, unter Tausenden ist sie die Eine, die sich dazu eignet. Gehören wir also nicht für einander?

Es ist keine Sünde, wenn ich nicht den Pastor ansehen kann, sondern das schön gestickte Taschentuch, das Sie in der Hand halten? .... Es ist ein gestickter Name darauf, den ich ansehen muss, .... Charlotte Hahn ist Ihr Name? Es ist verführerisch, so plötzlich durch Zufall den Namen einer Dame zu erfahren. Hat mich ein Geist so geheimnisvoll mit Ihnen bekannt gemacht? Oder ist es mehr als ein Zufall, dass Sie das Taschentuch gerade so halten, dass ich den Namen sehen kann? .... Sie sind erregt, Sie trocknen eine Thräne in Ihrem Auge.... Schon wieder halten Sie das Taschentuch wie zufällig in Ihrer Hand.... Sie bemerken, dass ich Sie und nicht den Pastor ansehe, Sie betrachten Ihr Taschentuch, Sie bemerkten, dass es Ihren Namen verraten hat.... Eigentlich ist die Sache sehr unschuldig, man erfährt leicht den Namen junger Damen.... Zerknittern Sie, bitte, das Taschentuch nicht so? Sie zürnen ihm? Sie zürnen mir? Aber hören Sie doch, was der Pastor eben sagt: Man soll seinen Mitmenschen nicht in Versuchung führen; auch der ist dafür verantwortlich, der es unwissentlich thut. Auch er steht in Schuld zu dem andern und kann seine Schuld nur durch doppeltes Wohlwollen gut machen.... Jetzt sagt er „Amen" und vor der Kirchenthüre dürfen Sie das Taschentuch im Wind fliegen lassen .... oder ist Ihnen vor mir bang? Habe ich Ihnen etwas gethan? .... Es ist nicht mehr, als man verzeihen kann, mehr als woran Sie nicht wagen dürften, sich zu erinnern — um mir zu vergeben.

In meinem Verhältnis zu Cordelia muss ich eine Doppelbewegung herbeiführen. Weiche ich immer nur vor ihrer Übermacht, dann würde das Erotische bei ihr zu dissolut werden, als dass die tiefere Weiblichkeit sich hypostarieren könnte. Sie würde auch dann im zweiten Krieg keinen Widerstand mehr leisten. Sie geht jetzt zwar träumend ihrem Sieg entgegen, wie es sein muss, doch muss sie auch immer wieder geweckt werden. Wenn es einen Augenblick scheint, als würde ihr der Siegerlorbeer entwunden, dann muss sie daraus lernen, mit erneuter Macht in den Kampf zu ziehen. So wird ihre Weiblichkeit reif. Was thut man dann. Mit Unterhaltung könnte ich sie anfeuern, und durch Briefe wieder abwehren, oder umgekehrt. Vorzuziehen ist letzteres. Mir gehören dann ihre herrlichsten Augenblicke. Hat sie eine Epistel erhalten, ist ihr deren süsses Gift ins Blut gedrungen, dann genügt ein Wort, um die Liebesglut zu entflammen. Gleich darauf rufe ich durch Ironie wieder Zweifel hervor, aber immer noch muss sie sich als Siegerin behaupten, und das noch mehr beim Anfang des darauffolgenden Briefes. Für Briefe passt aber die Ironie sehr schlecht, ausserdem wird sie auch zu leicht missverstanden. Anderseits empfiehlt es sich nicht, bei einer Unterhaltung in schwärmerische

Ekstase zu geraten. Bin ich in einem Brief bei ihr, dann kann sie mich leicht tragen, und sie verwechselt mich bis zu einem gewissen Grade mit dem universellen Wesen, das in ihrer Liebe lebt. In einem Brief kann man sich auch mit grösserer Leichtigkeit bewegen, in einem Brief kann ich mich ihr herrlich zu Füssen werfen u. s. w., was sonst verrückt aussehen würde. Thäte ich es persönlich, so ginge alle Illusion dabei verloren. Der daraus entstehende Widerspruch dieser Bewegungen, die Doppelbewegung, ruft die Liebe in ihr hervor und entwickelt sie, stärkt und konsolidiert, mit einem Wort: führt sie in Versuchung. —

Zuerst dürfen diese Episteln nicht zu erotisch gefärbt sein, sondern müssen einen allweltlichen Stempel tragen, manche Winke enthalten, manche Zweifel aufheben. Dazwischen deute ich an, dass eine Verlobung grosse Vorzüge hat, dann wieder darf es nicht an Hinweisen fehlen, dass eine Verlobung voll grosser Unvollkommenheiten ist. Im Hause meines Onkels ist eine Karrikatur von mir, diese muss immer an meiner Seite spazieren. Wenn ich sie mit dieser quäle, bereut sie es bald, dass sie sich verlobt hat, und doch darf sie mir keinen Vorwurf machen, dass ich diese Gefühle in ihr hervorgerufen habe.

Heute werde ich ihr mit einer kleinen Epistel einen Wink geben, und ihr das eigene Innere ihrer selbst entdecken, indem ich die Gefühle meines Herzens

beschreibe. So ist die Methode recht, und ich habe
Methode. Ihr lieben Mädchen, euch danke ich meine
Methode. Euch, die ich früher geliebt habe. Euch
ist die Ehre. Junge Mädchen sind geborene Leh-
rerinnen, und wenn man auch nichts anderes von
ihnen lernen kann, als das, wie sie betrogen werden wollen, — denn das lernt man vorzüglich von
den Mädchen selbst. Mag ich noch so alt werden,
das vergesse ich nie, dass ein Mensch erst dann
am Ende ist, wenn er so alt ist, dass ihm ein
junges Mädchen nichts mehr lehren kann.


Meine Cordelia!
Du sagst, Du hättest Dir mich anders vorgestellt?
Aber hätte ich mir je träumen lassen, dass ich
anders werden könnte? Ist in Dir die Veränderung
oder in mir? Es könnte ja sein, ich habe mich
nicht verändert, Dein Auge aber kann sich geändert
haben, das mich jetzt anders anschaut. Oder liegt
die Veränderung doch bei mir? Sie liegt bei mir,
da ich Dich liebe; sie liegt auch bei Dir, weil Du
es bist, die ich liebe. Ich betrachtete alles mutig
und stolz mit dem kalten, ruhigen Licht meines
Verstandes, und Schrecken kannte ich nie; hätten
Geister an meine Thür geklopft, ich hätte auch einem
Gespenst ruhig aufmachen können. Aber nicht Geistern
der Nacht, nicht bleichen blutlosen Gespenstern habe
ich die Thür geöffnet, sondern Dir, meiner Cordelia;
und mit Dir trat Leben, Jugend und Gesundheit zu

mir. Der Arm zittert mir, ich kann das Licht nicht ruhig in der Hand halten, ich muss vor Dir fliehen und kann doch mein Auge nicht vor Dir schliessen. Ja, Du sagst es, ja, ich bin verändert; aber ich weiss nicht, was alles dies eine Wort in sich schliessen kann, ich weiss es nicht, ich weiss nur, ich kann kein reicheres Prädikat gebrauchen, und ich muss unendlich geheimnisvoll zu mir selbst sagen: „Ich bin verändert."

Dein Johannes


Meine Cordelia!
Die Liebe liebt das Geheimnisvolle — aber eine Verlobung heisst eine Offenbarung; die Liebe liebt das Schweigen — aber eine Verlobung ist eine Bekanntmachung; Liebe liebt leises Flüstern — eine Verlobung ist eine laute Kundgebung; und doch, eine Verlobung kann durch die Kunst meiner Cordelia ein köstliches Mittel werden, Feinde zu betrügen. In einer dunkeln Nacht ist auf dem Meere nichts gefährlicher, als wenn ein Schiff eine Laterne aushängt, die führt mehr irre als die Finsternis.

Dein Johannes


Sie sitzt am Theetisch auf dem Sofa, ich neben ihr, sie hat ihren Arm unter den meinen geschoben und legt den Kopf gedankenschwer auf meine Schulter. So nah ist sie mir, und doch so fern, sie giebt sich mir und ist doch nicht mein. Noch ist ein Wider-

130

stand da. Aber dieser ist nicht subjektiv, sondern
reflektiert, er ist der gewöhnliche Widerstand des
Weiblichen, denn es ist des Weibes Wesen, sich
unter der Form des Widerstandes hinzugeben.
Sie sitzt im Sofa am Theetisch, ich an ihrer Seite.
Ihr Herz klopft, aber ohne Leidenschaft, der Busen
bewegt sich, aber ohne Unruhe, sie wechselt zuweilen die Farbe, aber in kaum merklichen Über-
gängen. Ist das Liebe? Nein. Sie hört zu und
versteht. Sie hört dem geflügelten Wort zu und
sie versteht es. Sie hört der Rede eines anderen
zu, und versteht sie wie ihre eigene Rede, sie hört
der Stimme zu, die in ihrem Herzen Widerhall
findet, und sie versteht diesen Widerhall, als ob es
ihre eigene Stimme wäre, als würde ihr Geheimnis
vor ihr und einem andern offenbart. — — —
Was soll ich thun? Soll ich sie bethören? Sicher
nicht. Es würde mir nicht nützen. Soll ich ihr
Herz stehlen? Auch nicht. Ich habe es lieber, dass
das Mädchen, welches ich liebe, ihr Herz behält.
Was soll ich denn thun? Ich forme mir ein Herz,
dem ihrigen ähnlich. Ein Künstler malt seine Geliebte zu seiner Freude, ein Bildhauer meisselt sie,
ich thue das auch, aber geistig. Sie weiss es nicht,
dass ich dieses Bild besitze, darin liegt dann der
Betrug. Ich habe es mir heimlich verschafft und
in diesem Sinn habe ich ihr Herz gestohlen, wie es
von Rebekka heisst, sie stahl das Herz des Laban,
indem sie ihm böswillig seine Hausgötter raubte.

Umgebung und Rahmen eines Bildes sind von grosser Bedeutung, sie prägen sich ebenso wie das Bild tief und fest in die Erinnerung ein, zugleich in die ganze Seele, und sind nicht zu vergessen. Mag ich noch so alt werden, Cordelia werde ich mir niemals anders als von diesem kleinen Zimmer eingerahmt denken können. Wenn ich zum Besuch komme, führt mich die Magd in den Saal, sie selber eilt aus ihrem Zimmer, und schliesse ich die Saalthüre auf, um in das Wohnzimmer zu kommen, so öffnet sie die andere Thüre und unsere Augen begegnen sich gleich in der Thür.

Das Wohnzimmer ist nur klein, aber sehr behaglich, es ist fast nur ein Kabinett. Ich habe es von verschiedenen Punkten aus betrachtet, aber am liebsten sehe ich es vom Sofa aus. Dort sitzt sie neben mir, denn der runde Theetisch steht da, auf dem liegt eine schöne Tischdecke in reichen Falten. Eine Lampe steht auf dem Tisch, die hat eine Blumenform, eine Blume, die sich voll und kräftig öffnet und ihre Krone trägt, darüber hängt wieder ein fein ausgeschnittener Schleier, er bewegt sich fortwährend, so leicht ist er. Die Lampenform erinnert an eine Blume aus dem Orient, und die Bewegung des Schleiers an die milde Luft jenes Landes. In manchen Augenblicken lasse ich die Lampe das Leitmotiv meiner Landschaft sein, und ich sitze mit ihr auf dem Erdboden unter der Lampenblume. Ein anderes Mal leitet mich ein Teppich, er ist von

132

einer eigenen Art von Weiden, die weither kommen
und mich dabei in ein Schiff, in eine Offizierskajüte
führen, wir segeln dann auf hohem Ozean. Da wir
vom Fenster weit fortsitzen, so schauen wir unmittelbar in den leeren Himmel.

Das erhöht die Illusion. Sitze ich so an ihrer Seite,
so tauchen diese Bilder, flüchtig über die Wirklichkeit hineilend, vor mir auf, und ich sehe sie unsichtbar wie den Tod über einem Grab.

Die Umgebung ist besonders sehr wichtig für die
Erinnerung. Jedes erotische Verhältnis muss so
durchlebt werden, dass man sich leicht ein Bild
davon machen kann, das alles Schöne darin in sich
schliesst. Damit das gelingt, muss man auf die Umgebung besonders aufmerksam sein. Wenn diese
nicht nach Wunsch ist, muss sie dazu gemacht
werden. Für Cordelia und ihre Liebe passt die
Umgebung vortrefflich. Welch anderes Bild zeigt
sich mir nicht, wenn ich an meine kleine Emilie
denke und doch wie gut hat die Umgebung auch
da gepasst. An sie kann ich nur denken, oder richtiger ihrer kann ich mich nur in dem kleinen Zimmer nach dem Garten zu erinnern. Die Thüren
standen offen, ein kleiner Garten vor dem Haus be-
grenzte die Aussicht, zwang das Auge anzustossen,
stehen zu bleiben, ehe es mit dreistem Mut der
Landstrasse folgte, die in der Ferne verschwand.
Emilie war entzückend, nur unbedeutender als Cordelia. Die Umgebung war auch daraufhin berechnet.

Das Auge hielt sich an der Erde, es stürmte nicht
kühn und ungeduldig vorwärts, es ruhte auf dem
kleinen Vordergrund. Und wenn sich auch die Landstrasse romantisch in der Ferne verlor, es wirkte doch
mehr, so dass das Auge die Strecke durchlief, die
es vor sich hatte, und dann wieder zurückkehrte,
um dieselbe Strecke nochmals zu durchlaufen. Das
Zimmer lag zu ebener Erde. Das Milieu von Cordelia darf keinen Vordergrund haben, nur die unendliche Kühnheit des Horizontes. Sie darf sich
nicht an der Erde befinden, sie muss schweben,
nicht gehen, sondern fliegen, nicht hin und her,
sondern ewig vorwärts.

Wenn man selbst verlobt ist, wird man mehr als
genug in die Narrheiten der Verlobten eingeweiht.
Vor einigen Tagen tauchte der Lizentiat Hansen
mit dem liebenswürdigen jungen Mädchen auf, mit
dem er sich verlobt hat. Er vertraute mir, dass
sie entzückend war, was ich vorher wusste, weiter
vertraute er mir, dass er sie gerade deswegen gewählt hatte, um sie zu dem Ideal auszubilden, das
ihm immer vorgeschwebt hatte. Mein Gott, so ein
schmutziger Theologe, — und so ein frisches, blühen-
des, lebensfrohes junges Mädchen! Ich, der ich doch
ein recht alter Praktikus bin, ich nähere mich nie
anders einem jungen Mädchen, als wie der an-
betungswerten Hostie der Natur und lerne erst
von ihr.

Der Fall, dass ich eine bildende Wirkung auf sie

ausüben kann, besteht nur darin, dass ich ihr wieder zurückgebe, was ich von ihr gelernt habe.
Ihre Liebe muss gerührt werden, nach allen Richtungen hin bewegt, doch nicht stückweise hin und her geworfen werden, sondern ganz und gar. Sie muss das Unendliche entdecken, erfahren, dass gerade das dem Menschen am nächsten liegt. Das muss sie nicht durch den Gedanken entdecken, der für sie ein Umweg ist, sondern durch die Phantasie, die für sie die eigentliche Verbindung zwischen ihr und mir ist, denn das, was bei dem Mann ein Teil ist, ist bei der Frau das Ganze. Es ist nicht auf dem mühsamen Weg des Gedankens, dass sie sich zum Unendlichen emporarbeiten soll, denn das Weib ist nicht zur Arbeit geboren, sie muss das Unendliche auf dem leichten Weg des Herzens ergreifen. Das Unendliche ist für ein junges Mädchen gerade so natürlich, wie die Vorstellung, dass alle Liebe glücklich ist. Ein junges Mädchen hat, wohin sie sich wendet, die Unendlichkeit um sich, und der Übergang ist ein Sprung, aber ein weiblicher Sprung, kein männlicher. Wie plump sind nicht die Männer im allgemeinen! Wenn sie einen Sprung machen wollen, müssen sie Anlauf nehmen, lange Vorbereitung treffen, die Entfernung mit dem Auge messen, mehrmals vorlaufen, um wieder zurückzuscheuen, und wieder zurückzukehren. Endlich springen sie und fallen hin. Ein junges Mädchen springt anders. In Gebirgsgegenden trifft man oft zwei vor-

springende Felsenspitzen. Ein Abgrund, in den es
schauerlich hineinzublicken ist, trennt sie. Kein
Mann wagt diesen Sprung. Ein junges Mädchen
dagegen, so erzählen die Bewohner der Gegend,
hat ihn gewagt und man nennt ihn deshalb den
Jungfernsprung. Ich glaube es gern, so wie ich
gern alles Grosse von einem jungen Mädchen glaube,
und es berauscht mich, wenn ich das einfältige
Volk davon sprechen höre. Ich glaube alles, glaube
sogar das Wunderbare, nur um glauben zu dürfen,
dass das einzige und letzte auf der Welt, worüber
ich immer wieder erstaunen muss, junge Mädchen sind.
Für ein junges Mädchen ist so ein Sprung nur ein
Schritt, während der Sprung eines Mannes immer
durch den gewaltsamen Anlauf und durch den über-
grossen Kraftaufwand, der nicht im Verhältnis zur
Entfernung der zwei Bergspitzen steht, lächerlich
wird. Wer wäre auch so dumm, je zu glauben,
ein junges Mädchen könnte einen Anlauf nehmen?
Springend kann man sie sich freilich vorstellen,
aber dann ist dieses Springen nur ein Spiel, ein
Genuss, sich graziös zu zeigen, wogegen die Vorstellung, Anlauf zu nehmen, sich von dem trennt,
was der Frau eigen ist. Ein Anlauf hat nämlich
das Dialektische in sich, was gegen die Natur des
Weibes ist. Ihr Sprung ist ein Schweben. Und
wenn sie auf die andere Seite gekommen ist, dann
steht sie nicht matt vor Anstrengung dort, nein,
schöner als sonst, seelenvoller, und sie wirft zu

uns, die wir auf der anderen Seite stehen, einen
Kuss herüber. Jung, neugeboren wie eine Blume,
die mit den Wurzeln am Berg aufgeschossen ist,
schaukelt sie über die Tiefe hinaus, dass es uns
beinahe schwarz vor den Augen wird.
Sie muss lernen, die Bewegungen der Unendlichkeit
zu machen, sich selbst zu schaukeln, sich in Stimmung zu wiegen, Poesie und Wirklichkeit zu ver-
wechseln, Wahrheit und Dichtung, sich in Unendlichkeit taumeln. Wenn sie mit diesem Taumel
vertraut geworden ist und das Erotische dann dazu
kommt, dann ist sie, was ich will und wünsche.
Dann ist mein Dienst, meine Arbeit aus, dann ziehe
ich alle meine Segel ein, ich setze mich an ihre
Seite, und wir fahren mit ihren Segeln. Und ist
dies junge Mädchen einmal erotisch berauscht worden, so werde ich wahrhaftig genug damit zu thun
haben, bei dem Ruderer zu sitzen und die Fahrt
zu moderieren.
Cordelia fühlt sich in meines Onkels Haus sehr
ungemütlich. Oft hat sie mich gebeten, es nicht
mehr betreten zu müssen, aber es hilft nichts,
Entschuldigungen weiss ich immer wieder zu erfinden. Gestern Abend gingen wir von dort nach
Hause und sie drückte meine Hand mit ungewöhnlicher Leidenschaft. Wahrscheinlich hat sie
drinnen grausam gelitten, und das ist kein Wunder. Wenn es mich nicht im höchsten Grade
amüsierte, die Affektiertheit und Unnatürlichkeit

zu beobachten, würde ich auch nicht dort aushalten.

Meine Cordelia!
Was ist Sehnsucht? Die Dichter klagen, dass sie
von ihr gefangen gehalten werden. Wie unnatür-
lich ist das? Als wenn nur der sich sehnen könnte,
der gefangen sitzt! Als wenn man sich nicht sehnen
könnte, wenn man frei ist! Angenommen, ich sei
frei, wie würde ich mich nicht sehnen! Übrigens
bin ich ja frei, frei wie der Vogel, und wie sehne
ich mich nicht. Ich sehne mich nach Dir, wenn
ich zu Dir eile; ich sehne mich nach Dir, wenn
ich Dich verlasse, ja, ich sehne mich selbst, wenn
ich neben Dir sitze. Wenn man etwas besitzt, wie
kann man sich denn darnach sehnen! Ja, nur wenn
einem einfällt, man könnte es im nächsten Augenblick verlieren. Meine Sehnsucht ist ewige Ungeduld. Wäre ich durch alle Ewigkeiten gereist, und
hätte mich versichert, Du gehörst mir jeden kleinsten Augenblick, dann erst möchte ich zu Dir
zurückkehren und mit Dir alle Ewigkeiten durch-
leben.
Ich würde zwar nicht Geduld genug besitzen, von
Dir einen einzigen Augenblick getrennt zu sein,
ohne mich zu sehnen, doch Geduld genug, um an
Deiner Seite ruhig zu sitzen.

Dein Johannes

138

Meine Cordelia!

Ein kleiner Wagen hält vor der Thür, der Wagen
scheint mir aber grösser als die ganze Welt, da er
für zwei gross genug ist. Zwei Pferde, wie Natur-
kräfte wild, sind vorgespannt, sie sind ungeduldiger
als meine Leidenschaften, kühner als meine Gedanken. Willigst Du ein, so entführe ich Dich,
Cordelia! Befiehl mir, und ich werde Dir gehorchen.
Ich entführe Dich, nicht von Menschen zu Menschen, ich entführe Dich aus der Welt hinaus, —
die Pferde steigen empor, der Wagen hebt sich
hoch in die Lüfte, wir fahren durch die Wolken
in den Himmel. Es rauscht und braust um uns,
sitzen wir so still, oder bewegt sich die ganze Welt,
oder ist es unser gewagter Flug? Wird Dir schwindelig, meine Cordelia, halte Dich an mich an, mir
ist nicht schwindelig. Kann man geistig an einem
festen Gedanken haften, so schwindelt einem nie
und ich denke nur an Dich, und körperlich wird
man nicht schwindelig, wenn man das Auge auf
einen Gegenstand richtet, und ich sehe nur Dich
an. Cordelia, halte Dich fest an mich. Verginge
die Welt, verschwände unser leichter Wagen unter
uns, wir hielten einander doch in sphärischer Harmonie umschlungen.

Dein Johannes

Das war zu viel. Sechs Stunden hat mein Diener
gewartet, ich selber zwei Stunden und unter Sturm

139

und Regenschauer, das alles zu keinem andern Zweck, als um das liebe Mädchen Charlotte Hahn aufzuspüren. Sie besucht jeden Mittwoch zwischen vier und fünf Uhr eine alte Tante. Und heute gerade kam sie nicht, ich wünschte gerade heute sie so sehr gern zu treffen. Deshalb, weil sie mich immer in eine ganz besondere Stimmung versetzt. Grüsse ich sie, so verneigt sie sich so unbeschreiblich irdisch, und doch wieder so himmlisch; sie bleibt beinahe stehen, als sänke sie zur Erde, — zugleich mit einem Blick, als wünschte sie gen Himmel getragen zu werden. Mir wird gar feierlich zu Mute, wenn ich sie ansehe, und auch wieder so süss verlangend zu Mute. Sonst beschäftigt mich das Mädchen gar nicht, ich verlange nur diesen Gruss von ihr, sonst nichts weiter, auch wenn sie mir mehr geben wollte. Ihr Gruss versetzt mich in Stimmung und diese Stimmung verschwende ich an Cordelia. — Ich wette aber, dass sie uns angeführt hat. Nicht nur in den Theaterstücken, sondern auch in der Wirklichkeit ist es schwer, ein junges Mädchen zu bewachen; man muss an jedem Finger ein Auge haben. Es war einmal eine Nymphe, die hiess Cordelia, sie fand Lust daran, die Männer anzuführen. Sie hielt sich in Waldgegenden auf und lockte ihre Liebhaber in die dunkelsten Gebüsche, um dann zu verschwinden. Sie wollte auch Janus irreführen, statt dessen führte er sie irr, denn er hatte auch im Nacken Augen.

140

Meine Briefe verfehlen nicht ihre Wirkung. Sie verändern Cordelia seelisch, aber noch nicht erotisch. Dazu sind besser Billets, aber nicht Briefe geeignet. Je mehr das Erotische darin hervortritt, um so kürzer werden sie, um so sicherer treffen sie die erotische Pointe. Damit sie aber nicht sentimental oder schwächlich wirken, muss die Ironie die Gefühle wieder niederhalten, zugleich aber die Sehnsucht nach der Nahrung, die ihr am liebsten ist, in ihr wach halten. Durch meinen Widerstand nimmt jeder Gedanke von mir in ihrer Seele eine Gestaltung, als hätte sie selbst den Gedanken erfunden, als käme er aus den tiefsten Gefühlen ihrer Seele. Das will ich gerade, dass es so ist.

Meine Cordelia!
Irgendwo hier in der Stadt wohnt eine kleine Familie, eine Witwe mit ihren drei Töchtern. Zwei davon gehen in die königliche Küche, um das Kochen zu lernen. Es ist an einem Nachmittag, im Vorsommer, gegen fünf Uhr, als sich die Thür zum Wohnzimmer unmerklich öffnet und ein spähender Blick durch das Zimmer geht. Niemand ist da, nur ein junges Mädchen sitzt am Klavier. Die Thür bleibt angelehnt, so dass man unbemerkt horchen kann. Keine Künstlerin spielt, sonst hätte man die Thür wohl wieder geschlossen. Das junge Mädchen spielt ein schwedisches Lied, es handelt von der kurzen Dauer der Jugend und Schönheit. Die

Schönheit und Jugend des Mädchens widersprechen
den Worten des Liedes. Wer hat recht, das Mädchen oder die Worte? Die Töne klingen so still, so
melancholisch, als wenn die Wehmut der Schieds-
richter wäre. — Aber sie hat Unrecht, diese Wehmut! Giebt es eine Gemeinschaft zwischen dieser
Jugend und diesen Betrachtungen? Hat es je Gemeinschaft zwischen Morgen und Abend gegeben?
Die Tasten zittern, die Geister des Resonanzbodens
heben sich in Verwirrung und verstehen einander
nicht, — warum so heftig, meine Cordelia, warum
diese Leidenschaft?
Wie weit muss ein Ereignis zurück sein, damit wir
es nicht mehr erinnern, wie weit muss es zurück
sein, damit die Sehnsucht der Erinnerung es nicht
mehr greifen kann? Die meisten Menschen haben
darin eine Grenze, was ihnen zu nah liegt, können
sie nicht erinnern, was ihnen zu fern liegt auch
nicht. Ich habe keine Grenze. Was ich gestern
erlebt habe, schiebe ich tausend Jahre in der Zeit
zurück und erlebe es, als wenn es gestern erlebt
wäre.

Dein Johannes


Meine Cordelia!
Vertraute meines Herzens, ich muss Dir ein Geheimnis anvertrauen. Wem könnte ich es sonst
anvertrauen? Nicht dem Echo. Das würde es aus-
plaudern. Nicht den Sternen. Die sind zu kalt

und fern. Und nicht den Menschen. Die würden es nicht begreifen. Dir nur darf ich es anvertrauen, Du wirst es bewahren.

Ein Mädchen kenne ich, das ist schöner als der Traum meiner Seele, reiner als das Licht der Sonne, tiefer als die Quellen des Meeres, stolzer als der Flug des Adlers — ein Mädchen kenne ich — o! Neige mir Dein Haupt zu und Dein Ohr meiner Rede, damit mein Geheimnis den verborgenen Pfad zu Deinem Herzen finde — ich liebe dieses Mädchen mehr als mein Leben, und sie ist mein Leben, mehr als die Wünsche alle, alle, sie ist mein einziger Wunsch; wärmer als die Sonne die Blume liebt, inniger lieb ich sie als das Leid die bekümmerte Seele in ihrer Einsamkeit liebt, sehnsuchtsreicher liebe ich sie als der glühende Wüstensand den Regen liebt, — ja, zärtlicher als ein Mutterauge liebt, das auf dem Kinde ruht; und vertrauensreicher als eines Betenden Seele zu Gott schaut und unzertrennlicher als eine Pflanze an ihre Wurzeln gebunden ist.

Schwer und gedankenvoll wird Dein Haupt, es sinkt auf die Brust nieder, der Busen hebt sich und will ihm zu Hilfe kommen, — meine Cordelia! Du verstehst mich. Willst Du dieses Geheimnis behalten? Darf ich es Dir vertrauen? Man sagt, Menschen, welche durch furchtbare Verbrechen aneinander gefesselt wurden, sie haben sich ewiges Schweigen gelobt. Ich habe Dir das Geheimnis anvertraut, das meinem Leben und dem ganzen Reichtum meines

Lebens gleichkommt. Hast Du nicht auch mir ein
Geheimnis anzuvertrauen? Etwas Bedeutungsvolles,
das so keusch und schön ist, dass nur übernatürliche Kräfte es mir entreissen könnten?

Dein Johannes


Meine Cordelia!
Dunkle Wolken sind am Himmel — die dunklen
Gewitterwolken sind die schwarzen Augenbrauen des
leidenschaftlichen Himmelsgerichtes, die Waldbäume
bewegen sich, werden sie von unruhigen Träumen
gefoltert und verfolgt? Im Wald habe ich Dich aus
den Augen verloren. Ich sehe jetzt hinter allen
Bäumen weibliche Wesen, die Dir ähnlich sind;
und komme ich näher, so sind sie hinter dem nächsten Baum verschwunden. Willst Du Dich nicht
zeigen und hervortreten? Es verwirrt sich alles um
mich; die verschiedenen Waldteile verlieren ihre
knappen Umrisse, alles erscheint mir ein Nebel-
meer, weibliche Wesen tauchen darin auf und
tauchen unter, und alle sind Dir ähnlich. Dich
selbst sehe ich nicht, aber ich bin schon glücklich,
dass ich nur an Dich erinnert werde. Woran liegt
es? — Liegt es an der reichen Einheit Deines
Wesens, oder an der armen Mannigfaltigkeit meines
Wesens? — Heisst es nicht eine Welt lieben, wenn
man Dich liebt?

Dein Johannes


144

Wahrhaftig, es müsste, wenn es möglich wäre, sehr
interessant sein, alle Gespräche zwischen Cordelia
und mir wiederzugeben. Doch ich muss es einsehen, das ist eine Unmöglichkeit; wenn ich mich
auch jedes Wortes erinnere, man kann das doch
nicht so wiedergeben, wie der eigentliche Nerv jeder
Unterhaltung ist, überraschende Gefühlsausbrüche,
Leidenschaftlichkeiten, welche den Lebensinhalt einer
Konversation bilden. Ich bereite mich gewöhnlich
nicht für eine Konversation vor, denn das würde
gegen das Wesen einer Konversation, besonders
gegen das Wesen einer erotischen Konversation sein.
Aber ich habe den Inhalt meiner Briefe immer „in
mente“ und die Stimmung, die ein solcher Brief
hervorgerufen hat, vergegenwärtige ich mir und behalte sie im Auge. Niemals frage ich sie, ob sie
meine Briefe liest, auch vermeide ich jedes direkte
Gespräch über dieselben, doch in meinen Gesprächen
lasse ich mir geheime Verbindungen, die ich daran
knüpfen kann, nicht entgehen, teils um den einen
oder den andern Eindruck noch fester in ihre Seele
einzuprägen, teils um ihr manches wieder zu nehmen und sie in Verwirrung zu bringen. Liest sie
den Brief dann nochmals, so wird sie wieder einen
neuen Eindruck haben.

Es ist mit ihr eine Veränderung vorgegangen und
geht immer noch vor. Wollte ich ihren jetzigen
Seelenzustand bezeichnen, ich würde ihn kühn pan-
theistisch nennen. Ihr Blick verrät es sofort. Er

ist dreist, beinahe dummdreist vor Erwartung, als
verlangte er jeden Augenblick und sei bereit, das
Übersinnliche zu schauen. Wie ein Auge, das über
sich selbst hinausschaut, so sieht dieser Blick über
das hinaus, was sich unmittelbar davor zeigt, und
sieht das Wunderliche. Zugleich ist etwas Träumerisches und Bittendes in ihr und sie ist nicht mehr
so stolz und gebieterisch wie früher. Sie scheint
etwas Wunderbares ausserhalb ihres Ich's zu suchen
und bittet, es möge sich ihr offenbaren, als ob sie
es nicht selbst herbeizaubern könnte. Aber ich muss
das hindern, sonst haben wir einen zu frühen Sieg.
Gestern sagte sie mir, in meinem Wesen sei etwas
Königliches. Möchte sie sich vielleicht vor mir
beugen? Nein, das darf durchaus nicht sein.
Sicher, meine Cordelia, Königliches ist in meinem
Wesen, doch ahnst Du nicht, wie mein Reich ist,
in dem ich Herrscher bin. Es sind die Stimmungs-
stürme, die ich regiere. Wie Äolus habe ich diese
Stürme in den Berg meiner Person eingeschlossen,
bald lasse ich den einen, bald den anderen hervor-
brechen. — —
Dass ich ihr schmeichle, wird ihr Selbstbewusstsein
geben, der Unterschied zwischen Mein und Dein wird
ihr begreiflich gemacht, und alles auf ihre Seite gelegt.
Man muss äusserst vorsichtig sein, um gut schmeicheln
zu können. Zuweilen muss man sich selbst hoch hin-
stellen, aber doch so, dass es noch einen höheren Platz
giebt, zuweilen muss man sich selbst niedrig machen.

146

Sie schuldet mir nichts? Nein. Sollte ich es wünschen, dass sie mir etwas schuldete? Nein, sicher
nicht. Ich bin ein zu guter Kenner, habe zu viel
Erfahrungen im Erotischen gemacht, um solch unerfahrenen Gedanken nachhängen zu können. Jedes
junge Mädchen ist, was das Labyrinth ihres Herzens
betrifft, eine Ariadne; sie hat den Faden, der sie
führen könnte, in der Hand, aber sie versteht ihn
nicht anzuwenden.

Meine Cordelia!
Befiehl — ich gehorche, was Du wünschst, ist mir
Gebot; mit jeder Bitte, die von Deinen Lippen
kommt, bindest Du mich zu Deinem Sklaven; auch
der flüchtigste Wunsch Deines Herzens ist eine
Wohlthat für mich; denn nicht wie ein dienender
Geist will ich Dir gehorchen; gebietest Du, bekommt
Dein Wille Leben, so lebe auch ich; denn ich bin
das Chaos Deiner Seele, und ich erwarte Dein Wort,
damit es Licht wird.

Dein Johannes

Meine Cordelia!
Du weisst, ich liebe mit mir selbst zu sprechen.
Die interessanteste Person meiner Bekanntschaften
habe ich in mir selbst gefunden. Manchmal musste
ich fürchten, der Stoff würde mir bei meinen Selbstgesprächen ausgehen; jetzt habe ich nicht mehr
diese Furcht, ich habe jetzt Dich. In alle Ewigkeit

spreche ich nun mit mir von Dir, und spreche so
von dem interessantesten Gegenstand zu dem interessantesten Menschen — ach, ich bin nur ein inte-
ressanter Mensch, Du aber der interessanteste Gegenstand.

Dein Johannes.

Meine Cordelia!
Du glaubst, ich hätte Dich erst so kurze Zeit geliebt, und Du scheinst beinahe zu fürchten, ich
könnte schon früher geliebt haben. Handschriften
giebt es, in welchen das vom Glück begünstigte
Auge ältere Züge erkennt, die durch unbedeutende
Thorheiten zurückgedrängt wurden und fast unsichtbar lebten. Durch Ätzmittel wird die spätere Schrift
beseitigt und nun kommt die älteste Schrift klar
und sichtbar hervor. Für ewig möge alles vergessen
sein, was nicht Dich betrifft. Dein Auge hat mich
gelehrt, mich in Dir zu finden. Siehe, ich entdeckte
eine uralte und zugleich göttliche, neue Urschrift,
ich entdeckte meine Liebe zu Dir, die ebenso alt
ist wie ich selber.

Dein Johannes

Meine Cordelia!
Ein Reich, das mit sich selbst im Streit liegt, wie
soll das weiterbestehen? Wie soll ich weiterbestehen,
der ich mit mir selbst streite. Meine Cordelia, Du
bist es, um die ich streite, um vielleicht in dem
Gedanken, dass ich in Dich verliebt bin, Ruhe zu

finden. In meinem Herzen wütet ein Streit und meine
Seele wird von ihm verzehrt.

Dein Johannes


Fliehst Du, mein kleines Fischermädchen, verbirgst
Du Dich zwischen den Bäumen? Hebe Deine Bürde
auf! Wie siehst Du hübsch aus, jetzt, wenn Du Dich
zur Erde biegst, selbst in diesem Augenblick bist
Du noch voll natürlicher Grazie. Wie bei einer
Tänzerin verraten sich die Formen in ihrer Schönheit — die Taille schmal, die Brust breit, der Wuchs
schwellend, jeder muss es zugeben. Glaubst Du,
das sind Kleinigkeiten, Du glaubst, dass vornehme
Damen schöner seien? Mein Kind, weisst Du nicht,
die Welt ist so falsch. Wandere nun mit Deiner
Bürde und gehe tiefer in den ungeheuren Wald;
viele, viele Meilen zieht er sich hin bis zu den
blauen Bergen. Bist Du vielleicht gar kein Fischermädchen, vielleicht eine verzauberte Prinzessin;
bist Du gezwungen, einem Zauberer zu dienen, er
ist so grausam und lässt Dich im Wald Holz suchen.
So heisst es in den Märchen. Weshalb gehst Du
denn immer tiefer in den Wald? Wenn Du ein
wirkliches Fischermädchen bist, dann musst Du an
mir vorüber gehen zum Dorf hinunter. —
Geh nur diesen Pfad weiter, der sich spielend durch
die Bäume schlingt, mein Auge findet Dich immer
wieder, und sieh Dich manchmal nach mir um, mein
Auge begleitet Dich; würdest Du mich rufen, locken,

149

Du könntest mich nicht bewegen, es reisst mich
keine Sehnsucht hin, ruhig bleibe ich hier am Graben
sitzen und rauche meine Cigarre. — Vielleicht —
ein anderes Mal.  Vielleicht —
Wie schelmisch Dein Blick ist, wenn Du so den
Kopf zurückwendest; Dein Gang ist verführerisch
leicht — ich weiss es, ich ahne es, Dein Weg führt
Dich — tief in den einsamen Wald, weil es so geheimnisvoll still dort ist, dort, wo nur die fremden
Bäume flüstern.  Siehe, selbst der Himmel zieht mit
Dir, er geht in die Wolken hinein, er bedeckt die
Waldtiefe mit Dunkel, als liesse er einen Vorhang
zwischen uns fallen.
Lebe wohl, hübsches Fischermädchen, lebe wohl,
nimm Dank für Deine freundliche Erscheinung, ein
schöner Augenblick war es, eine Stimmung, so stark
zwar nicht, um mich von meinem Sitz am Graben
aufzustören, aber doch an innerem Erleben reich.


Meine Cordelia!
Könnte ich Dich vergessen! Kann meine Liebe ein
Gedächtniswerk sein? Wenn die Zeit alles auf ihren
Tafeln auslöschte, alles, und auch das Gedächtnis,
ich würde immer dasselbe Verhältnis zu Dir fühlen.
Vergessen wärst Du nie.
Kann ich Dich jemals vergessen! 'Woran sollte ich
mich überhaupt dann noch erinnern? Ich habe ja
mich selbst vergessen, um an Dich zu denken;
könnte ich Dich vergessen, so würde ich an mich

denken müssen, aber Dein Bild würde im gleichen
Augenblick wieder vor meine Seele treten!

Wenn ich Dich vergessen würde! Was sollte da
geschehen? Aus alten vergangenen Zeiten hat man
noch ein Bild. Ariadne ist es, die von ihrem Lager
aufspringt, ängstlich sieht sie einem Schiff nach,
das mit geschwellten Segeln enteilt. An ihrer Seite
steht Gott Amor, den Bogen in der Hand, der Bogen
ist ohne Sehne und er trocknet die Thränen in
seinen Augen. Eine weibliche Figur steht hinter
ihr, an den Schultern Flügel und auf dem Kopf
einen Helm. Gewöhnlich wird angenommen, diese
letztere sei die Nemesis.

Betrachte es Dir, dies Bild, wir wollen es nur ein
wenig verändern, Amor soll nicht weinen und sein
Bogen soll die Sehne noch haben. Oder bist Du
nicht so, ebenso schön oder keine ebenso grosse
Siegerin, weil ich ein Wahnsinniger aus Liebe wurde?
Amor soll lächeln und den Bogen spannen. Die
Nemesis auch, sie soll nicht unthätig bei Dir stehen
und den Bogen spannen. Man sieht auf dem alten
Bild eine männliche Gestalt im Schiff, die ist mit
einer Arbeit beschäftigt. Man glaubt, das ist The-
seus. Auf meinem Bild ist es anders. Er steht
am Hintersteven, sehnsuchtsvoll schaut er zurück,
die Arme ausgebreitet, er bereut, oder besser, der
Wahnsinn hat ihn verlassen, aber das Schiff führt
ihn fort. Sowohl Amor als Nemesis zielen, ein
Pfeil fliegt, sie treffen, man sieht und versteht,

beide treffen sein Herz, es bedeutet, dass seine
Liebe die Nemesis war.

Dein Johannes

Meine Cordelia!
Man hat von mir gesagt, dass ich in mich selbst
verliebt sei. Es wundert mich nicht. Denn ich
liebe ja nur mich selbst, weil ich in Dich verliebt
bin, denn ich liebe Dich, nur Dich allein, und alles,
was Dir gehört, und darum muss ich mich selbst
lieben, weil mein Ich Dir gehört. Ich würde, wenn
ich mich selbst nicht mehr liebte, Dich nicht mehr
lieben. In den Augen der Welt mag das ein Ausdruck des grössten Egoismus sein, vor Deinen eingeweihten Blicken soll es der Ausdruck reinster
Sympathie werden, für Deine geheiligte Art zu
sehen wird es der Ausdruck der hinreissendsten
Vernichtung des Ich's werden.

Dein Johannes

Ich habe gefürchtet, die ganze Entwicklung würde
lange Zeit beanspruchen, ich sehe jetzt, Cordelia
macht ausserordentliche Fortschritte; ich muss jetzt
schon alles in Bewegung bringen, um sie fortgesetzt
im Atem zu halten, sie darf um alles in der Welt
nicht zu früh matt werden, das heisst, nicht vor
der Zeit, bis die Zeit für sie vorbei ist.

Liebt man, so folgt man nicht der Landstrasse, nur

152

die Ehe liegt mitten auf dem Königsweg. Wenn
man liebt, geht man keine gepflügten Wege; die
Liebe macht sich am liebsten ihre eigenen Wege.
Man dringt tiefer in den Wald. Und wenn man
Arm in Arm geht, versteht man einander, dann
wird das klar, was vorher dunkel schmerzte und
erfreute, man ahnt nicht, dass noch jemand gegenwärtig ist.

Diese schöne Buche wurde also Zeuge Euerer Liebe,
unter ihrem Wipfel gestandet Ihr Euch zum ersten
Mal einander Eure Liebe. Alles erinnertet Ihr Euch
da so deutlich, wie Ihr Euch zum ersten Mal gesehen,
wie Ihr Euch zum ersten Mal beim Tanz die Hände
drücktet, wie Ihr gegen Morgen auseinander gegangen seid, als Ihr Euch selbst nichts eingestehen
wolltet und anderen noch weniger.

Es ist doch sehr angenehm, bei diesen Repetitorien
der Liebe Zuhörer zu sein. Sie sanken unter dem
Baum auf die Kniee, sie schworen einander uner-
schütterliche Liebe, sie besiegelten den Bund mit
dem ersten Kuss. —

Dieses sind furchtbare Stimmungen, die ich auch
für Cordelia anwenden muss.

Diese Buche wurde also Zeuge. Ach ja, eine Buche
ist ein ganz geeigneter Zeuge. Doch ist es zu wenig.
Sie meinen freilich, dass der Himmel auch Zeuge
sei, aber der Himmel so ohne Weiteres ist eine sehr
abstrakte Idee. Deswegen, sehen Sie, gab es auch
noch einen anderen Zeugen.

Soll ich aufstehen und Sie meine Gegenwart merken
lassen? Nein, vielleicht wissen Sie, wer ich bin,
und dann ist das Spiel verloren. Sollte ich, indem
Sie fortgehen, mich erheben und Ihnen so begreiflich machen, dass jemand da war? Das wäre nicht
zweckmässig. Über Eurem Geheimnis soll Schweigen
ruhen — so lange ich es will. Sie sind in meiner
Macht, ich kann sie trennen, wenn ich es will. Ich
kenne ihr Geheimnis. Habe ich es durch ihn oder
durch sie zu wissen bekommen? Durch sie, das wäre
unmöglich, — also durch ihn — das ist abscheulich!
Bravo! Und es ist beinah satanisch. Nun, wir werden sehen! Kann ich einen bestimmten Eindruck
von ihr bekommen, wie ich ihn sonst nicht erhalten
kann, einen normalen Eindruck, so wie ich es
wünsche, ja, dann ist nichts zu ändern.

Meine Cordelia!
Ich bin arm — Du mein Reichtum, in der Finsternis — Du mein Licht; ich besitze nichts und be-
darf nichts. Wie sollte ich je besitzen können?
Ein Widerspruch wäre es, besitze ich mich nicht
selber, so kann ich auch nichts besitzen. Glücklich wie ein Kind bin ich, das nichts weiss und
nichts besitzt. Nichts besitze ich, nur Dir gehöre
ich an, und habe aufgehört zu sein, um Dein zu
sein.

Dein Johannes

Meine Cordelia!

Mein — was will das sagen? Nicht das, was mir gehört, sondern das, dem ich angehöre. Mein Gott bedeutet doch nicht der Gott, der mir gehört, sondern Gott, dem ich gehöre, ebenso wenn ich sage: mein Vaterland, mein Heimatland, mein Beruf, mein Sehnen, mein Hoffen. Hätte es bis heute noch keine Unsterblichkeit gegeben, der Gedanke, dass ich Dein bin, hätte den gewöhnlichen Gang der Natur durchbrochen und die Unsterblichkeit geschaffen.

Dein Johannes

Meine Cordelia!

Was bin ich? Der anspruchlose Chronikschreiber, der Deine Triumphe notiert, der Tänzer, der sich unter Dir biegt, während Du Dich selbst in entzückender Leichtigkeit bewegst. Ich bin der Zweig, auf dem Du einen Augenblick ausruhst, wenn Du vom Fliegen müde bist; die Basstimme bin ich, die dem schwärmerischen Sopran als Hintergrund dient, die ihn trägt, damit er noch höhere Sphären erreicht. Was bin ich? Ich bin die irdische Schwere, die Dich an die Erde fesselt. Was bin ich? Körper, Masse, Erde, Staub und Asche, — Du, meine Cordelia, bist Geist und Seele.

Dein Johannes

Meine Cordelia!

Die Liebe ist alles. Deswegen hat für einen Liebenden

155

alles an und für sich keine Bedeutung mehr, nur
soweit, als die Liebe ihm Bedeutung giebt. Wenn
ein verlobter junger Mann überzeugt ist, es ist nicht
mehr seine Braut, um die er sich kümmert, sondern ein anderes junges Mädchen, dann würde er
wahrscheinlich als ein Verbrecher dastehen, und
seine Braut würde sich entsetzen. Du dagegen,
ich weiss es, Du würdest in solch einem Bekenntnis
eine Huldigung sehen; denn Du weisst, es wäre
mir eine Unmöglichkeit, eine andere zu lieben.
Meine Liebe zu dir wirft auf das ganze Leben einen
Wiederschein. Wenn ich mich um eine andere
kümmern würde, so geschähe es nur, um mich zu
überzeugen, dass ich nicht sie, sondern nur Dich
liebe — aber da meine ganze Seele von Dir voll
ist, bekommt das Leben für mich eine andere Bedeutung, es wird eine Mythe über Dich.

Dein Johannes

Meine Cordelia!
Verzehrt von Liebe, bleibt mir nur noch meine
Stimme übrig, eine in Dich verliebte Stimme,
sie flüstert mir immer zu, dass ich Dich liebe.
O, wirst Du müde, diese Stimme zu hören? Sie
umgiebt Dich allüberall, wie meine Seele, die
sich nachdenklich um Dein reines tiefes Wesen
legt.

Dein Johannes

Meine Cordelia!

In alten Sagen liest man, wie ein Fluss sich in
eine Jungfrau verliebte. Meine Seele ist solch ein
Fluss, der Dich anbetet. Er ist bald still und ruhig
und Dein Bild spiegelt sich in ihm tief und unbe-
wegt; dann wieder stellt er sich vor, er habe Dein
Bild festgehalten, und seine Wellen brausen mächtig auf, sie wollen Dich hindern, dass Du sie verlässt; bald kräuselt sich seine Fläche sacht und
spielt mit Deinem Bild, aber zuweilen hat er es
verloren, seine Wasser werden dann totdunkel und
voll Verzweiflung. — Dies ist meine Seele, ein Fluss,
der sich in Dich verliebt hat.

Dein Johannes

Aufrichtig gesprochen — ohne eine besonders blühende
Phantasie zu besitzen, würde man sich wohl eine
bequemere, gemächlichere, und besonders standes-
gemässere Art vorwärts zu kommen vorstellen können, — aber mit einem Fuhrmann zu fahren, das
weckt nur Aufsehen. — Trotzdem, man nimmt damit vorlieb. Man geht ein Stück auf der Landstrasse, man steigt auf den Wagen, man fährt eine
Meile, nichts passiert, man fühlt sich sicherer und
sicherer, die Gegend ist wirklich so von oben gesehen schöner als sonst. Man hat beinahe drei
Meilen zurückgelegt, — wer hätte denn jetzt erwartet, so weit draussen auf der Landstrasse einen
Kopenhagener zu sehen? Denn ein Kopenhagener

157

ist es, das merken Sie schon, meine Gnädigste, es
ist kein Dorfbewohner, er hat eine ganz bestimmte
Art zu sehen, sicher, beobachtend, taxierend, auch
etwas ironisch. Ja, mein Mädchen, Deine Stellung
auf dem Wagen ist gar nicht bequem. Du sitzt
ja, als ob Du auf einem Presentierbrett sässest, der
Wagen ist so flach, und es giebt keine Vertiefung
für die Füsse. — Aber dafür müssen Sie sich selbst
anklagen, denn mein Wagen steht zu Ihrer Verfügung, ich wage, Ihnen einen viel weniger unangenehmen Platz anzubieten, wenn es Sie nicht ge-
nieren würde, an meiner Seite zu sitzen. Denn dann
überlasse ich Ihnen den ganzen Wagen und setze
mich auf den Bock, froh, Sie an Ihr Ziel führen
zu dürfen. — Für einen Blick von der Seite bietet
Ihnen Ihr Strohhut nicht genug Schutz. Sie senken
den Kopf umsonst, ich kann Ihr schönes Profil doch
bewundern. — Ist das nicht ärgerlich, der Fuhrmann grüsst mich? Und doch ist es ganz in der
Ordnung, dass ein Bauer einen vornehmen Herrn
grüsst. — So leicht kommen Sie nicht davon, hier
ist ja eine Strassenkreuzung, sogar eine Haltestelle,
und ein Fuhrmann ist an und für sich eine zu
gottesfürchtige Person, um nicht einen Augenblick
hineingehen zu müssen und seine Andacht zu ver-
richten. Jetzt nehme ich mich seiner an. Ich besitze eine unglaubliche Begabung, Fuhrmänner zu
gewinnen. O, wenn es mir auch so leicht gelänge,
Ihnen, meine Gnädigste, zu gefallen. Er kann meinem

Vorschlag nicht wiederstehen und wenn er ihn angenommen hat, wird er der Wirkung desselben nicht wiederstehen können. Wenn es aber mir nicht gelingen sollte, wird es meinem Diener gelingen. Jetzt geht er in das Schankzimmer und Sie bleiben allein auf dem Wagen.

Weiss Gott, was es für ein Mädel ist? Sollte es nur eine kleine Bürgerstochter sein, oder eine Orgelspielertochter vielleicht? Für letztere ist sie ungewöhnlich schön, und aussergewöhnlich geschmackvoll angekleidet. Der Orgelspieler muss ein ungewöhnlicher Mann sein. Es fällt mir was ein. Vielleicht ist es ein kleines Vollblutfräulein, welches das Fahren in Equipagen satt hat und sich entschlossen hat, eine Fusstour nach ihrem Landgut zu machen, und jetzt will sie ein Abenteuer erleben. Nicht unmöglich. So etwas kommt vor. Der Bauer weiss von nichts, er ist ein Esel, der nur das Trinken versteht. Ja, ja, er soll nur trinken, der Alte, es ist ihm schon gegönnt. — Aber was sehe ich? Es ist ja niemand anders, als Fräulein Jespersen, Hansine Jespersen, die Tochter des Grosshändlers in der Stadt. Gott, wir kennen einander. Ich habe sie einmal in der Bredgade gesehen, sie fuhr rückwärts, sie konnte das Fenster nicht aufbekommen, ich setzte meine Brille auf und hatte dann das Vergnügen, ihr mit meinem Blick folgen zu können. Ihre Stellung war sehr unbehaglich, es waren viele Personen im Wagen, sie konnte sich nicht bewegen,

und sie wagte wahrscheinlich nicht, zu rufen. Ihre
jetzige Stellung ist nicht weniger unbequem. Es
ist deutlich, wir sind für einander bestimmt. Sie
soll sehr romantisch veranlagt sein, sie fährt sicher
allein. — Da kommt mein Diener mit dem Fuhrmann. Er ist ganz berauscht. Wie abscheulich!
Welch grässliche Bande, diese Bauern. — So, jetzt
ist es Zeit, weiterzufahren. Sie wird wohl selbst
das Lenken besorgen müssen, das wird ja ganz
romantisch. — Sie weisen mein Anerbieten zurück.
Sie behaupten, dass Sie selbst sehr gern kutschieren.
Sie können mich aber nicht anführen, ich merke,
wie schlau Sie sind. Wenn Sie ein Stück gefahren
sind, werden Sie absteigen, im Wald ist leicht ein
Versteck zu finden. — Ich lasse mein Pferd satteln,
ich begleite Sie zu Pferd. — So, jetzt bin ich fertig,
jetzt sind Sie gegen jeden Überfall sicher. — Werden Sie nicht wieder so entsetzt. Ich komme gleich
wieder. Ich wollte Ihnen nur etwas Angst einjagen,
um Ihre natürliche Schönheit zu erhöhen. Sie
wissen ja nicht, dass ich den Bauern besoffen gemacht habe, und ich habe mir doch kein beleidigen-
des Wort gegen Sie erlaubt. Noch kann alles wieder
gut werden, ich werde der Sache eine Wendung
geben, dass Sie über die ganze Geschichte lachen
müssen. Ich wünsche nur eine kleine Situation mit
Ihnen erlebt zu haben, glauben Sie aber niemals,
dass ich ein junges Mädchen überrumple. Ich bin
ein Freund der Freiheit, und was ich nicht frei

erhalte, daran liegt mir gar nichts. — „Sicher sehen
Sie selbst ein, so können Sie die Reise nicht mehr
fortsetzen. Ich muss auf die Jagd gehen, deswegen
bin ich zu Pferd. Aber mein Wagen steht dort
fertig. Befehlen Sie, so wird er im Augenblick hier
sein, um Sie, wohin Sie wünschen, zu fahren. Leider kann ich nicht selbst das Vergnügen haben,
Sie zu begleiten, ich bin durch ein Jagdversprechen
gebunden, und solche Versprechen sind heilig.“ —
Sie nehmen es an. — Alles wird im Augenblick zu
Ihren Diensten sein. — So, jetzt dürfen Sie nicht
im geringsten verlegen werden, wenn Sie mich
nächstes Mal sehen, werden Sie jedenfalls nicht
mehr verlegen, als Ihnen gut steht. Vielleicht werden Sie diese Geschichte amüsant finden, etwas
darüber lachen und ein wenig an mich denken.
Mehr verlange ich nicht. Es erscheint wenig, mir
ist es genug. Es ist der Anfang, und in der Kunst
anzufangen, bin ich stark. —

Es war eine kleine Gesellschaft gestern Abend bei
der Tante. Ich wusste, Cordelia würde eine Arbeit
in die Hand nehmen, ich hatte ein Billet in dieselbe
gelegt. Sie verlor es, hob es auf und war sehnsuchtsvoll bewegt. Unglaublich ist es, welche Vorteile man haben kann, wenn man die Situation zu
Hilfe nimmt. Ein kleines Billet, an und für sich
unbedeutend, wird, in solchem Augenblick gelesen,
unendlich bedeutsam. Sie fand keine Gelegenheit,

mich zu sprechen, ich hatte es so arrangiert, dass ich verpflichtet war, eine Dame nach Hause zu begleiten. Also musste sie bis heute warten. Um so tiefer prägte sich der Eindruck in ihre Seele. Es sieht immer so aus, als erwiese ich ihr stets neue Aufmerksamkeit; ich bin also überall in ihren Gedanken, immer überrasche ich sie.

Welch eigene Dialektik hat doch die Liebe. Einmal war ich in ein junges Mädchen verliebt, und vorigen Sommer in Dresden, da sah ich eine Schauspielerin, die war ihr täuschend ähnlich. Deshalb wünschte ich ihre Bekanntschaft zu machen, das gelang mir auch, und da überzeugte ich mich, wie gross die Unähnlichkeit war. Heute begegnete ich auf der Strasse einer Dame, die mich an jene Schauspielerin erinnerte. Diese Geschichte kann „in infinitum" fortgehen.

Meine Gedanken umgeben überall Cordelia, wie durch Engel lasse ich sie von ihnen umringen Wie in ihrem Wagen die Venus von Tauben gezogen wurde, so sitzt sie in ihrem Triumphwagen und meine Gedanken sind wie geflügelte Wesen vorgespannt. Sie selbst sitzt wie ein Kind froh und reich, und wie eine Göttin allmächtig da; ich schreite neben ihr. Wahrhaftig, ein junges Mädchen ist und bleibt das „Venerabile" der Natur und. des ganzen Universums. Niemand weiss das besser wie ich. Sie lächelt mir zu, sie grüsst mich, sie winkt mir, als ob sie meine Schwester wäre. Ein Blick von mir erinnert sie daran, dass sie meine Geliebte ist.

Die Liebe kennt viele Positionen. Cordelia macht gute Fortschritte. Sie sitzt auf meinen Knieen, sie schlingt ihren Arm weich und warm um meinen Hals, und legt sich leicht an meine Brust. Leicht, ohne körperliche Schwere, die weichen Formen berühren mich kaum; wie eine Blume windet sich ihre reizende Gestalt um mich. Ihr Blick versteckt sich hinter dem Augenlid; ihr Busen ist blendend weiss, wie Schnee, so glatt, dass mein Auge nicht darauf ruhen kann ohne zu gleiten. Wenn der Busen sich hebt, was bedeutet diese Bewegung. Bedeutet es Kälte? Vielleicht eine Ahnung, ein Traum von der wirklichen Liebe. Der Traum ist noch ohne Energie. Sie umarmt mich abstrakt, wie der Himmel einen Heiligen umarmt, leise, wie ein Hauch eine Blume umarmt. Unbestimmt küsst sie mich, wie der Himmel das Meer küsst, still, mild, wie der Tau die Blume küsst, feierlich, wie das Meer das Bild des Mondes küsst.

In diesem Augenblick würde ich ihre Leidenschaft naiv nennen. Aber der Situationswechsel tritt jetzt ein. Ich ziehe mich ernsthaft zurück, bietet sie auch alles auf, mich wirklich zu fesseln: sie hat dazu kein anderes Mittel als das Erotische, nur offenbart es sich bei ihr ganz anders. Es ist in ihrer Hand zu einem Schwert geworden, und sie schwingt es gegen mich. Ich selbst, ich habe die nachdenkende Leidenschaft. Sie kämpft für sich, da sie erkannt hat, dass ich das Erotische im Besitz habe, sie kämpft

für sich, und will mich überwinden, und verlangt
selbst in den Besitz der höheren Art des Erotischen
zu kommen. Was sie zuerst nur ahnte, als ich sie
mit meiner Liebe erwärmte, das kommt ihr jetzt zum
Verständnis durch meine kalte Art und Weise, aber
sie empfindet, als habe sie es entdeckt, und will mich
mit dieser Entdeckung gefangen nehmen. Ihre Leidenschaft wird fest, energisch, dialektisch; ihr Kuss um-
fassend, ihr Umarmen hiatisch.
Sie findet bei mir ihre Freiheit, und findet sie reicher,
je enger ich sie einschliesse. Die Verlobung muss
jetzt aufgehoben werden. Ist das geschehen, so verlangt sie etwas Ruhe, damit in dem erregten Sturm
sich nichts Unschönes äussert. Sie sammelt dann
nochmals ihre Leidenschaft, und in dem Augenblick
wird sie mein.
Wie ich schon früher durch den seligen Eduard
indirekt um ihre Lektüre bemüht war, so bin ich
es jetzt direkt. Ich biete ihr das, was ich für die
beste Nahrung halte: Mythologie und Märchen.
Doch hierin wie in allem andern soll sie Freiheit
haben; ich komme hinter ihre geheimsten Gedanken,
und das ist mir nicht sehr schwierig, weil ich sie
ihr eingegeben habe.


Wandern die Dienstmädchen im Sommer nach dem
Tiergarten hinaus, so ist das im allgemeinen ein
unschönes Vergnügen. Einmal im Jahr sind sie nur
da und wollen deshalb so viel als möglich davon

164

haben. So ziehen sie denn mit Hut und Shawl
aus. Diese Lustigkeit wirkt übertrieben, hässlich
und lasciv. Nein, ich bin mehr für den Frederiks-
borg-Garten. Sie gehen am Sonntagnachmittag dorthin und ich auch. Alles ist dort fein sittlich und
dezent, und die Fröhlichkeit ist sanfter und edler.
Überhaupt, Männer, welche keinen Sinn für Dienstmädchen besitzen, verlieren im Verkehr dort mehr
als die Dienstmädchen.
Diese verschiedenartigen Scharen von Dienstmädchen
kommen mir als die schönste Wehrkraft Dänemarks
vor. Ich, wenn ich König wäre, ich wüsste, was
ich zu thun hätte: Nicht Revuen über die Linien-
truppen halten, sondern über die Dienstmädchen.
Und wenn ich von den zweiunddreissig Stadtver-
ordneten einer wäre, ich würde ein Wohlfahrts-
Komitee ernennen, das müsste durch Rat und That
die Dienstmädchen aufmuntern, eine geschmackvolle
und sorgfältige Toilette zu erfinden. Soll denn
Schönheit so unbemerkt durchs Leben gehen? Einmal in der Woche mögen sie sich doch in dem Licht
zeigen, in dem sie am schönsten strahlen. Aber
zuerst Geschmack und richtige Begrenzung. Nicht
gleich einer Dame soll ein Dienstmädchen daher-
kommen, nein, nicht so! Aber würde man einem
wünschenswerten Aufblühen der Dienstmädchenklasse
entgegensehen, so würde das auch den Töchtern in
den Häusern gut thun. O, könnte ich dieses goldene
Zeitalter erleben, wie würde ich da mit gutem Ge-

wissen den ganzen Tag auf den Strassen der Stadt
spazieren, und mich an so viel Schönheit ergötzen.
Meine Gedanken schwärmen, glaube ich, zu weit
und kühn, und zu patriotisch. Aber ich bin ja auch
in Frederiksborg draussen, wohin die Dienstmädchen
am Sonntagnachmittag gehen und ich auch. — —
Bauerndirnen kommen zuerst, mit ihren Geliebten
Hand in Hand, oder voran alle Mädchen Hand in
Hand, hinterher alle Burschen, oder ein anderes
Bild, zwei Dirnen und ein Bursch. Diese Schar
bildet die Umrahmung, sie stehen und sitzen gern
vor dem Pavillon bei den Bäumen. Frisch sind sie
und kerngesund, nur ist die Farbe der Haut
und auch die Tracht etwas zu grell. Dann kommen
Mädchen aus Jütland und Fünen. Hoch, schlank,
etwas zu voll, und ihr Anzug ein wenig unordent-
lich. Das Komitee hätte bei ihnen viel zu thun.
Auch fehlen nicht die Repräsentantinnen der Born-
holm-Division: dralle Köchinnen, aber man darf
ihnen weder in der Küche noch in Frederiksborg zu
nah kommen; sie haben etwas stolz Abweisendes.
Ihre Anwesenheit wirkt hauptsächlich durch den
Kontrast, ich vermisse sie hier draussen nur ungern,
aber ich lasse mich nicht gern mit ihnen ein. Kern-
truppen kommen jetzt: Mädchen von Nyboder. Klein,
zierlich gewachsen, munter, fröhlich, lebhaft plau-
dernd, ein wenig kokett. Ihr Anzug gleicht am
meisten dem einer Dame: sie tragen keinen Shawl,
bloss ein Tuch, keinen Hut, höchstens eine kleine

166

niedliche Haube und gehen am liebsten mit blossem
Kopf. — — —

Ah! sieh da, guten Tag, Marie! Hier draussen treffe
ich Sie also? Wie lange ich Sie nicht gesehen habe.
Sie sind wohl immer noch bei Kommerzienrats?
— „Ja!" — Sicher eine ausgezeichnete Kondition?
— „Ja." — Aber wie allein sie hier draussen sind?
Haben Sie keine Begleitung ... keinen Schatz? Er
hat heute vielleicht keine Zeit oder erwarten Sie
ihn noch? — Wie, Sie sind nicht verlobt? Das ist
aber unmöglich. So ein schönes Mädchen, und ein
Mädchen, das bei einem Kommerzienrat dient, so ein
Mädchen, das sich so hübsch und ... so fein her-
gerichtet hat. Welch ein reizendes Taschentuch
Sie da in der Hand haben, vom feinsten Leinen,
... ich wette, zehn Mark kostet es, ... manche
feine Dame hat nicht so ein schönes, ... französische
Handschuhe auch ... seidenen Regenschirm ...
Und ein Mädchen so wie Sie, die sollte nicht verlobt sein? Das ist ja gar nicht möglich.
Wenn ich mich nicht irre, Jens hielt recht viel von
Ihnen, Sie wissen es. Jens, der Jens bei dem Grossisten
im zweiten Stock, ... nicht wahr, ich hab' es geraten? ... Warum verlobten Sie sich nicht? Jens
war ein hübscher Kerl, hatte eine gute Anstellung,
vielleicht wäre er durch den Einfluss des Grossisten
Polizeidiener oder in einem Palais Heizer geworden,
das wäre keine schlechte Partie ... Gewiss sind

Sie selbst schuld, Sie waren zu hart zu ihm. Nein!
aber ich habe gehört, Jens soll schon einmal verlobt gewesen sein, hat aber das Mädchen gar nicht schön
behandelt. ... Was Sie da sagen! Wer hat denn
das von Jens gesagt ... ja, die Gardisten, ... die
Gardisten, ... man kann denen nicht trauen ...
ganz recht haben Sie gehandelt ... wahrlich, ein
Mädchen so wie Sie, die darf sich nicht wegwerfen,
dazu sind Sie zu gut ... Ich stehe Ihnen dafür,
Sie machen einmal noch eine bessere Partie. — —
— Wie geht es mit Fräulein Juliane? Habe sie
lange nicht gesehen. Hübsche Marie, Sie könnten
mir gewiss dies oder jenes berichten, ... wenn man
selbst eine unglückliche Liebe gehabt hat, dann hat
man Verständnis für die Leiden der Mitmenschen,
... hier sind zu viel Leute, ... wir können hier
nicht miteinander plaudern, ... wollen Sie mich
aber einen Augenblick anhören, meine reizende Marie,
... sehen Sie, hier ist ein schattiger Weg, die Bäume
verbergen uns vor den Menschen, hier wo wir niemand sehen, keinen Laut hören, sondern nur leises
Echo der Musik, ... hier möchte ich Ihnen ein
Geheimnis sagen, ... Nicht wahr, wäre Jens kein
schlechter Mensch gewesen, so würdest Du hier mit
ihm spazieren gegangen sein, Arm in Arm, hättest
auf die Musik gehört und vielleicht auch noch Höheres
genossen — — Weshalb so aufgeregt? — Gieb Jens
auf. .... Willst Du mich mit Ungerechtigkeit behandeln? Ich kam nur hierher, um Dich zu treffen

168

... Und nur um Dich zu sehen, deshalb bin ich
öfters zum Kommerzienrat gekommen ... Du hast
es gemerkt, nicht wahr? ... Immer wenn ich konnte,
kam ich an der Küchenthür vorbei ... Werde mein
... man soll uns von der Kanzel aufbieten ...
ich will Dir morgen Abend alles erklären ... oben
bei der Küchenthür, die Thüre links, gerade der
Küchenthür gegenüber. ... Lebe wohl, auf Wiedersehen morgen, schöne Marie ... Niemand darf erfahren, dass Du mich hier draussen gesehen hast,
Du kennst jetzt mein Geheimnis. — — —
Wirklich reizend ist sie. Es liesse sich aus der etwas machen. — Habe ich erst meinen Fuss in ihre
Kammer gesetzt, werde ich uns von der Kanzel selbst
aufbieten. Ich habe von jeher versucht, das brave
griechische $\alpha\dot{v}\tau\alpha\varrho\varkappa\varepsilon\iota\alpha$ zu bewahrheiten und einen
Pfarrer als überflüssig zu erklären.

Könnte ich es einmal so einrichten und hinter Cordelia stehen, wenn sie einen Brief von mir bekommt,
das würde mich wahrhaftig interessieren. Dann
würde ich leicht erfahren können, wie tief erotisch
sie ihn auf sich wirken lässt. Alles in allem, Briefe
bleiben immer ein unbezahlbares Mittel, um auf
junge Mädchen Eindruck zu machen; oft hat der
tote Buchstabe viel mächtigeren Einfluss als das
gesprochene Wort. Ein Brief ist eine geheimnisvolle Kommunikation; man ist Herr der Situation,
man fühlt sich nicht durch Anwesende beengt,

und ein junges Mädchen will am liebsten mit ihrem Ideal allein sein, das will sagen in gewissen Augenblicken, in den Augenblicken besonders, wo ihr Herz am stärksten erschüttert ist. Hat ihr Ideal in bestimmten geliebten Menschen einen vollkommenen Ausdruck entdeckt, so sind Sekunden da, wo sie sich klar macht, in dem Ideal liegt ein Zauber, den die Wirklichkeit nicht bietet. Man muss dem jungen Mädchen diese grossen Versöhnungsfeste geben, nur muss man sie auch richtig anwenden, das junge Mädchen darf nie ermatten, sondern von ihnen gestärkt zur Wirklichkeit zurückkehren. Dazu sind die Briefe gut, sie machen, dass man in diesen heiligen Stunden hoher Weihe, ungesehen und geistig dabei ist, wobei die Vorstellung der wirklichen Person des Verfassers des Briefes, einen natürlichen und freiwilligen Übergang zu der Wirklichkeit bietet.

Kann ich jemals auf Cordelia eifersüchtig werden? Tod und Teufel, ja! Und doch wieder anders betrachtet, nein! Würde ich einsehen, ihr Wesen würde zerstört, und nicht werden wie ich es wünsche — dann würde ich sie losgeben, selbst wenn ich meinen Nebenbuhler besiegen könnte.

Ein alter Philosoph sagte, wenn man alles, was man erlebte, genau niederschreiben würde, so könne man, ehe man es sich versehe, ein Philosoph werden. Ich habe jetzt lange Zeit in Beziehung zur Gemeinschaft der Verlobten gelebt. Solch ein Ver-

hältnis muss doch Frucht tragen. Schon dachte ich
daran, mir das Material zu einer Schrift zu sammeln, die ich betiteln will: „Beiträge zur Theorie
des Kusses, gewidmet allen zärtlich Liebenden." Es
wundert mich, dass keiner noch über dieses Thema
ein Werk niederlegte. Sollte ich damit fertig werden, so würde ich sicher damit einem langgefühlten
Mangel abhelfen. — Übrigens, ich kann jetzt schon
einzelne Winke geben. Bei einem richtigen Kuss
müssen die Handelnden ein Mädchen und ein Mann
sein. Zwischen Männern hat ein Kuss keinen Geschmack, — oder was schlimmer ist, er flösst Abscheu ein. — Ich glaube weiter, ein Kuss kommt
der Idee näher, wenn ein Mann ein Mädchen küsst,
als wenn ein Mädchen einen Mann küsst. Ist mit
den Jahren in diesem Verhältnis eine Indifferenz
eingetreten, so verlor der Kuss Sinn und Wert. Besonders gilt dies von dem ehelichen Hauskuss, womit
Mann und Frau einander den Mund abwischen, weil
sie keine Servietten haben, und dabei heisst es:
„Gesegnete Mahlzeit."
Ist der Altersunterschied zu gross, so liegt der Kuss
ausserhalb seiner Idee. Dabei erinnere ich mich an
die erste Klasse einer Mädchenschule in einer Pro-
vinzialstadt, die einen besonderen Terminus hatte:
„Den Justizrat küssen", womit sie eine nichts weniger
als angenehme Vorstellung verbanden. Die Geschichte dieses Terminus ist die: Ein Schwager der
Lehrerin, der bei ihr wohnte, war Justizrat gewesen,

und glaubte als ein älterer Herr sich erlauben zu
dürfen, die jungen Mädchen zu küssen. — Der Kuss
muss Ausdruck einer gewissen Leidenschaft sein.
Bruder und Schwester, die zugleich Zwillinge sind,
wenn die einander küssen, dann wird das kein
richtiger Kuss. Ebenso ist es beim Pfänderspiel,
ebenso bei einem gestohlenen Kuss.
Ein Kuss als symbolische Handlung hat nicht viel
zu bedeuten, wenn das Gefühl, das er ausdrücken
soll, nicht dabei ist; und nur unter gewissen Verhältnissen ist dieses Gefühl vorhanden.
Teilt man Küsse in verschiedene Kategorien ein, so
kann man sich auch verschiedene Einteilungsprin-
zipien denken. Man kann sie einteilen nach dem
Laut. Leider reicht die Sprache hierzu für meine
Beobachtungen, die ich gemacht habe, nicht aus.
Ebenso glaube ich kaum, dass die Sprachen der
ganzen Welt den nötigen Vorrat von Onomatopoetika
haben werden, um Unterschiede hierin auszudrücken,
wie ich sie im Hause meines Onkels vernahm. Diese
sind bald schnalzend, bald grunzend, klatschend,
knallend, bald ächzend, bald saftig, bald hohl, oder
wie Kattun u. s. w. u. s. w. — Auch nach der Berührung kann man die Küsse einteilen: hierin giebt
es den tangierenden Kuss oder den Kuss en passant und den festklebenden. — Auch nach der Zeit
kann man die Küsse einteilen: der kurze und der
lange. Es giebt bei der Zeiteinteilung noch eine
andere Einteilung, diese eigentlich ist die einzige,

die mir behagt: man unterscheidet den ersten Kuss
und all die übrigen. Der erste Kuss ist von den
übrigen auch qualitativ verschieden. Daran denken
nur wenige Menschen, und es wäre schade, wenn
es nicht wenigstens einen gäbe, der darüber nach-
denkt.


Meine Cordelia!
Wie ein süsser Kuss, so ist eine gute Antwort, sagt
Salomo. Du weisst es, ich bin ein böser Frage-
steller, ich habe darüber schon viel hören müssen.
Es kommt davon, man versteht nicht, wonach ich
frage; denn nur Du, Du verstehst es allein und nur
Du allein verstehst es zu antworten, und Du, Du
allein giebst die gute Antwort; denn „wie ein süsser
Kuss, so ist die gute Antwort", sagt Salomo.

Dein Johannes


Es ist ein Unterschied zwischen geistiger und irdi-
scher Erotik. Bis jetzt versuchte ich in Cordelia
die geistige Erotik auszubilden. Nun muss ich
meine persönliche Gegenwart anders wirken lassen,
sie darf nicht nur akkompagnieren, sie muss ver-
suchend auftreten. In diesen Tagen habe ich mich
beständig darauf vorbereitet und deshalb den bekannten locus im Phädrus über die Liebe studiert.
Mein ganzes Wesen ist davon elektrisiert, denn das
giebt mir ein herrliches Präludium. Wahrhaftig,
Plato verstand die Erotik durch und durch.

**173**

Meine Cordelia!

Von aufmerksamen Schülern sagt der Lateiner, sie hängen am Mund ihres Lehrers. Alles ist für die Liebe ein Vergleich und in der Liebe wird der Vergleich Wirklichkeit. Hältst Du mich nicht für einen fleissigen und aufmerksamen Schüler? Aber Du antwortest mit keinem Wort.

Würde ein anderer als ich diese Entwicklung leiten, er wäre sicher zu klug, um sich leiten zu lassen. Würde ich unter den Verlobten einen Eingeweihten um Rat fragen, würde er wahrscheinlich in erotischer Kühnheit einen Sprung in die Luft machen und sagen: in diesen Positionen der Liebe suche ich vergeblich eine Klangfigur, es giebt keine dafür, wenn die Liebenden von ihrer Liebe sprechen. Meine Antwort wäre, es freut mich, dass Du diese Figur umsonst suchst, denn die gehört gar nicht zu dem Gebiet Erotik, nicht mal, wenn man das Interessante mit hineinzieht. Die Liebe ist zu substantiell, um sich mit Geplauder zu genügen. Die erotischen Situationen sind zu bedeutungslos, um sie mit Gesprächen auszufüllen. Sie sind schweigsam, still, in bestimmten Linien gezogen, und doch schönredend, wie die Musik der Memnonsäule. Eros machte Bewegungen, aber er spricht nicht dabei; oder wenn er spricht, so sind es rätselhafte Andeutungen, eine bildliche Musik. Die erotischen Situationen sind entweder plastisch oder malerisch, aber dass zwei von ihrer Liebe sprechen, das ist weder plastisch noch malerisch. Die soliden Brautleute fangen aber immer mit solchen Gesprächen an, die später der zusammenhängende Faden ihrer Ehe werden. Die Gespräche werden dann auch der Anfang dazu und das Pfand dafür, dass in ihrer Ehe jene Mitgift nicht vermisst wird, von der Ovid sagt: dos est uxoria lites. [Die Mitgift der Frau ist Zank.]

Muss gesprochen werden, so ist genug, wenn einer spricht. Der Mann soll sprechen und soll deswegen im Besitz von einigen der Eigenschaften sein, die im Besitz der Venus waren, als sie mit ihrem Gürtel bethörte: Die Gabe des Sprechens und die süsse Schmeichelei, das heisst das Anzügliche.

Daraus ergiebt sich noch nicht, dass Eros stumm ist, oder dass es erotisch unrichtig ist, zu sprechen. Nur muss das Gespräch selbst erotisch sein, und sich nicht in erbaulichen Betrachtungen über Lebensaussichten u. s. w. verlieren. Und das Gespräch soll im Grunde doch nur als ein Ausruhen von der eigentlichen erotischen That angesehen werden, als ein Zeitvertreib, nicht als das Höchste. Eine solche Art, sich zu unterhalten, ein solches confabulatio ist göttlich, und ich meinerseits werde nie daran ermüden, mich mit einem jungen Mädchen zu unterhalten. Es ist mir gerade so undenkbar, als sollte ich des Atmens müde werden. Das Eigentümliche bei solchen Gesprächen ist das vegetative Wachsen der Konversation. Die Unterhaltung hält sich an der Erde und hat kein eigentliches Ziel. Der Zufall ist das Gesetz ihrer Bewegungen, aber Tausendschön ist der Name dafür und für die Wirkungen.

Dein Johannes

Meine Cordelia!
„Mein — Dein,“ wie eine Parenthese umschliessen diese Worte den ärmlichen Inhalt meiner Briefe. Merktest Du, dass die Entfernung zwischen den Armen derselben kürzer wird? O meine Cordelia! Es ist wirklich schön, dass die Parenthese um so bedeutungsvoller wird, je inhaltsschwerer sie ist.

Dein Johannes

Meine Cordelia!
Ist eine Umarmung ein Kampf?

Dein Johannes

Cordelia verhält sich im allgemeinen schweigend. Das habe ich immer gern gehabt. Eine so tiefe weibliche Natur plagt einen nicht mit dem Hiatus, jener Redefigur, die sonst das Weib ganz besonders anwendet, ja die sogar unentbehrlich bei ihr wird, wenn der Mann, der den vorangehenden oder nach- her begrenzenden Konsonanten bilden soll, auch schwach wie ein Weib ist. Jede einzelne kurze Be- merkung verrät oft, wieviel in ihr verborgen ist. Dann bin ich ihr behilflich. Es ist oft, als ob hinter

176

einem Menschen, der mit unsicherer Hand einzelne
Umrisse einer Zeichnung skizziert, ein anderer Mensch
steht, der alles abrundet und genialer vervollkomm-
net. Das überrascht sie selbst, und es ist ihr doch
ebenso, als ob sie es erdacht hätte und es ihr gehörte. Ich wache immer über ihr, über jeder zu-
fälligen Äusserung, jedem rasch hingeworfenen Ausdruck, und indem ich es ihr wiedergebe, gebe ich
ihr immer etwas Bedeutsameres, sie erkennt es und
kennt es doch nicht.
Heute waren wir in einer Gesellschaft. Wir hatten
kein Wort miteinander gewechselt. Als man vom
Tisch aufstand, kam der Diener und meldete Cordelia, es sei ein Bote da, der sie zu sprechen
wünsche. Dieser Bote war von mir, er brachte
einen Brief, der enthielt Andeutungen über eine
Äusserung, die ich bei Tisch gemacht hatte. Es
war mir gelungen, mich in die allgemeine Tischunterhaltung hineinzumischen, sodass Cordelia, trotzdem sie weit von mir sass, mich notwendigerweise
hören und missverstehen musste. Daraufhin war
der Brief berechnet. Wäre es mir gelungen, der
Tischunterhaltung die erwünschte Richtung zu geben,
so hätte ich selbst aufgepasst, den Brief zur richtigen Zeit zu konfiszieren. Sie kam wieder herein,
sie musste ein wenig lügen. So etwas verstärkt die
erotische Geheimnisthuerei, ohne das kann sie nicht
ihren angewiesenen Weg gehen.

Meine Cordelia!

Glaubst Du, wenn einer seinen Kopf auf den Hügel der Elfen legt, er im Traum das Bild einer Elfe sieht? Ich weiss es nicht, aber ich weiss: ruht mein Kopf an Deiner Brust, und schliesse ich mein Auge nicht, sondern blicke empor, so sehe ich das Antlitz eines Engels. Glaubst Du, wenn einer seinen Kopf auf einen Elfenhügel legt, dass er nicht ruhig liegen kann? Ich glaube es nicht, aber das weiss ich, lege ich meinen Kopf an Deine Brust, so wird er zu stark bewegt, sodass der Schlaf sich nicht auf meine Augen herablassen kann.

Dein Johannes

Der Würfel ist gefallen. Jetzt muss die Wendung kommen. Heute war ich bei ihr, hingerissen von meiner Idee, die mich stark bewegte. Für sie hatte ich weder Aug' noch Ohr. Die Idee selbst war so interessant, dass sie sich gefesselt fühlte. Sehr thöricht wäre es von mir, hätte ich die neue Operation dadurch eingeleitet, dass ich mich in ihrer Gegenwart kalt gemacht hätte.

Wenn ich jetzt von ihr fortgegangen bin, und die Idee selbst erfüllt sie nicht mehr, so erinnert sie sich doch, dass ich anders als gewöhnlich war. Wie schmerzlich wird ihr diese Entdeckung sein, sie wird langsam aber sicherer wirken, noch dazu, da ihr diese Änderung in einer einsamen Stunde bewusst wird. Sie kann nicht sofort aufbrausen

und später sind zu viel Gedanken auf sie einge-
stürmt, sie findet nicht Zeit, alle auszusprechen,
sondern es bleibt immer das Residuum eines Zwei-
fels in ihrer Seele zurück. Die Unruhe vergrössert
sich, die Briefe hören auf, erotische Nahrung wird
ihr sparsamer zugeteilt, und Liebe als etwas zum
Lachen reizendes verspottet. Sie geht vielleicht
einen Moment mit, auf die Dauer kann sie es nicht
ertragen. Sie versucht deshalb, mich durch mein
eigenes Mittel zu fesseln, durch das Erotische.
Fragt man, wann darf eine Verlobung aufgehoben
werden, respektive, wann muss eine Verlobung aufgehoben werden, so ist jedes kleine Mädchen ein
grosser Kasuist; zwar wird in den Schulen kein
eigener Kursus darüber gehalten, doch alle Mädchen
sind sehr orientiert, sobald diese Frage besprochen
wird. Es müsste diese Frage eigentlich in den
letzten Schuljahren zu den stehenden Examina gehören, wenn ich auch weiss, dass Aufsätze in den
höheren Töchterschulen sehr ermüdend sind, gewiss
würde dieses Problem dem Scharfsinn eines Mädchens ein weites Gebiet öffnen. Und weshalb soll
einem Mädchen nicht Gelegenheit geboten sein,
seinen Scharfsinn in glänzender Weise zu offenbaren. Es wird doch auch offenbar, wenn ein Mädchen genügend reif — zur Verlobung ist? —
Ich habe einmal eine Situation erlebt, die mich sehr
interessierte. In einer Familie, die ich oft besuchte,
waren eines Tages die älteren Mitglieder ausgegangen

und zwei junge Töchter des Hauses hatten eine
Menge Freundinnen zum Nachmittagskaffee eingeladen. Es waren acht, alle im Alter von sechzehn
bis zwanzig Jahren. Es hatten wahrscheinlich keinen Besuch erwartet, und vielleicht sogar dem
Dienstmädchen gesagt, keinen Besuch anzunehmen.
Trotzdem kam ich hinein und merkte deutlich, sie
wurden etwas überrascht. Gott weiss, was junge
Mädchen bei solchen Zusammenkünften zu besprechen haben. Zuweilen kommen auch verheiratete Frauen so zusammen. Diese lesen dann
Pastoral-Theologie vor, vor allem werden wichtige
Fragen behandelt, ob es richtiger ist, bei dem
Metzger Kontobuch zu haben oder kontant zu bezahlen, ob man es erlauben soll, dass die Köchin
einen Schatz hat, und wie man mit dieser Erotik,
die das Kochen verspätet, umgehen soll. — — —
Ich bekam meinen Platz mitten in dem schönen
Haufen. Es war ein Vorfrühling. Die Sonne sandte
hie und da wie Eilboten ihrer Ankunft einige Strahlen. Das Zimmer selbst hatte noch etwas Winterliches, und eben deswegen hatten die Strahlen etwas
von Vorboten. Der Kaffee duftete auf dem Tisch
und ringsherum sassen die jungen Mädchen, fröhlich, frisch, blühend, ausgelassen, denn die Angst
hatte sich bald gelegt, und was war denn auch zu
fürchten, sie waren ja stark genug.
Es gelang mir, die Aufmerksamkeit und das Gespräch auf die Frage zu lenken, in welchem Fall

eine Verlobung aufgehoben werden soll. Während mein Auge die Lust genoss, von der einen Blume zur andern in diesem Haufen von jungen Mädchen zu flattern, und sich daran ergötzte, bald auf der einen, bald auf der andern Schönheit zu ruhen, freute sich mein äusseres Ohr, in der Musik der Stimmen zu wühlen, und meinem inneren Ohr behagte es, das eben Gesagte aufmerksam auszuhorchen. Ein einziges Wort war mir auch völlig genug, und gab mir einen tiefen Blick in das Herz und in die Geschichte so eines Mädchens. Wie verführerisch doch die Wege der Liebe sind, und wie interessant ist es, zu erforschen, wie weit ein jeder gekommen ist. Doch wie sehr ich auch immer hetzte und wie sehr auch Geist, Frische und ästhetische Objektivität dazu beitrugen, das Verhältnis freier zu machen, die Grenze des Erlaubten wurde doch nicht im geringsten überschritten. Während wir so miteinander in den leichten Regionen der Konversation scherzten, schlief für mich darunter eine Möglichkeit, die guten Kinder in eine fatale Verlegenheit zu versetzen. Die jungen Mädchen begriffen es nicht und ahnten es kaum. Durch das leichte Spiel des Gespräches wurde die Möglichkeit jeden Augenblick zurückgedrängt, gleichwie in „Tausend und eine Nacht" Schehersad das Todesurteil durch Märchenerzählen fernhält.

Zuweilen lenkte ich das Gespräch auf das Gebiet des Wehmütigen, zuweilen liess ich der Ausgelassen-

heit Raum und dann wieder forderte ich zu einem
dialektischen Kampf auf. Und welches Thema ist,
wenn man ihm recht auf den Leib rückt, mannig-
faltiger! Unaufhörlich liess ich ein Thema von einem
anderen ablösen.

Ich erzählte von einem jungen Mädchen, das von
der Grausamkeit ihrer Eltern zur Lösung der Verlobung gezwungen wurde. Dies unglückliche Ereignis brachte ihnen beinahe Thränen in die Augen.
— Ich erzählte von einem Mann, der als Grund der
Lösung seiner Verlobung angab, das Mädchen sei
zu gross, und er hätte ihr seine Liebeserklärung
nicht knieend gemacht. Als ich dagegen die Ein-
wendung machte, dieses seien keine genügenden
Gründe, so antwortete er: doch, sie genügen vollständig, um das zu erreichen, was ich wünsche, —
denn kein Mensch kann ein vernünftiges Wort dagegen sagen. — Schliesslich gab ich noch einen
sehr schwierigen Fall der Versammlung zur Prüfung.
Ein junges Mädchen löste deshalb ihre Verlobung,
weil sie nicht überzeugt war, dass sie und ihr
Bräutigam zu einander „passten". Dieser suchte sie
durch Versicherungen seiner grossen Liebe zur Ver-
nunft zu bringen. Aber sie antwortete: entweder
passen wir für einander und es ist eine wirkliche
Sympathie da, dann musst Du einsehen, dass wir
nicht zu einander passen, oder wir passen nicht zu
einander und dann siehst Du doch ein, dass wir
nicht zu einander passen. Es war ein Genuss, zu

sehen, wie die jungen Mädchen ihre Gehirne anstrengten, um diese rätselhafte Rede zu erfassen, und doch merkte ich ausgezeichnet, dass ein paar unter ihnen es deutlich verstanden. Denn wenn von Lösung einer Verlobung die Rede ist, so ist jedes junge Mädchen ein grosser Kasuist. — Ja, ich glaube wahrhaftig, dass es mir in solch einem Fall leichter wäre, mit dem Teufel selbst zu disputieren, als mit einem jungen Mädchen.

Ich war heute bei ihr und leitete sofort die Unterhaltung auf dasselbe Thema, das uns gestern fesselte, und ich versuchte, sie wieder in Ekstase zu bringen. „Gestern schon“, begann ich, — „wollte ich eine Bemerkung machen, es fiel mir aber erst ein, als ich schon gegangen war!“ Das glückte. Bin ich bei ihr, so ist es ihr ein Genuss, mir zuzuhören; bin ich fort, dann erkennt sie wohl, dass sie betrogen ist, und dass ich verändert war. So zieht man seine Aktien zurück. Die Methode ist etwas hinterlistig, aber sehr zweckmässig, gleich allen indirekten Methoden. Sie versteht sehr gut, dass so etwas wie das, von dem ich spreche, mich beschäftigen kann, ja es kann sie selbst für einen Augenblick interessieren und trotzdem betrüge ich sie um das eigentlich Erotische.

Oderint, dum metuant, als ob nur Furcht und Hass zusammengehörten, und Furcht und Liebe nicht ebenso zusammen sein müssten, denn Furcht macht doch erst die Liebe interessant?

Ist in der Liebe, mit der wir die Natur umfassen,
nicht ein geheimes Angstgefühl? Ihre schöne Harmonie arbeitet sich erst aus wildem Chaos hervor,
ihre Sicherheit aus Treulosigkeit.

Am meisten aber fesselt gerade diese Art Angst.
Und mit der Liebe ist es ebenso, wenn sie interessant sein soll, es muss tiefe angstvolle Nacht
hinter ihr stehen, und aus dieser wird die Liebes-
blume geboren. — — So ruht die weisse Wasser-
rose ihren Kelch auf der Oberfläche des Wassers
aus, während der Gedanke sich in das Dunkel zu
stürzen scheut, wo die Blume ihre Wurzeln hat.

Ich habe es schon öfters erwähnt: sie nennt mich
in ihren Briefen immer: mein; aber den Mut, es
mir auch zu sagen, den hat sie nicht. Ich bat sie
heute darum, so insinuant und erotisch warm als
möglich. Sie versuchte; aber ein ironischer Blick
von mir, ganz kurz und schneller als man es ausdrücken kann, der genügte, um es ihr ganz unmöglich zu machen, obgleich ich in sie drang, es nochmals zu versuchen. Diese Stimmung ist die nor-
male.

Mein ist sie! Ich vertraue es nicht, wie es oft Sitte
ist, den Sternen an, da ich nicht recht verstehe,
welches Interesse jene allzufernen Welten daran
nehmen könnten. Viel weniger noch vertraue ich es
den Menschen, und Cordelia auch nicht. Ich behalte
dieses Geheimnis für mich, sage es ganz leise zu
mir selbst und flüstere es nur, sogar in einsamsten

Selbstgesprächen. Von ihrer Seite war der erwartete
Widerstand nicht gross, dagegen bewundernswert
die erotische Macht, die sie entfaltet. In dieser
tiefen Leidenschaftlichkeit ist sie reizend interessant,
gross, fast übernatürlich. Wie schnell versteht sie
nicht sich zurückzuziehen und auszuweichen, wie
geschmeidig weiss sie sich nicht hineinzuschleichen,
überall, wo sie einen unsicheren Punkt entdeckt.
Alles kommt in Bewegung, in diesem Rauschen und
Sausen der Elemente fühle ich mich in meinem
Element. Und doch sie selbst ist in dieser Erregung
durchaus nicht unschön, nicht verwirrt in den Stimmungen, nicht zerstreut in den Momenten. Eine
Anadyomene ist sie immer, nur steigt sie nicht in
naivem Zauber oder in unbefangener Ruhe empor;
sondern starke Wellen der Liebe bewegen sie, aber
sie selbst bleibt dem grossen Oranier gleich, saevis
tranquilla in undis. Voll erotisch ist sie zum Kampf
ausgerüstet, sie kämpft mit den Pfeilen ihrer Augen,
mit gebieterischem Befehl ihrer Brauen, mit ge-
heimnisvollem Ernst der Stirn, der Beredsamkeit des
Busens, mit dem verhängnisvollen Zauber der Arme,
mit flehenden Bitten ihrer reizenden Lippen, mit
dem Lächeln ihrer Wangen, und mit der süssen
Sehnsucht ihrer Gestalt. Mit einer Kraft, einer
Energie gleich einer Walküre, aber durch eine gewisse schmachtende Mattigkeit wird diese erotische
Kraft in ihr wieder temperiert.
Sie darf auf dieser Höhe nicht lange balancieren,

Angst nur und Unruhe halten sie dort, und verhindern, dass sie stürzt. Für solche Verhältnisse
ist eine Verlobung, das wird sie bald spüren, zu
beengend, zu genierend. Sie wird die Versucherin
werden und versucht mich, über die Grenze des
Gewöhnlichen hinauszugehen. So wird sie sich des
über der Grenze liegenden bewusst, und darauf
kommt es mir besonders an.
Jetzt kommen von ihren Lippen nicht selten Andeutungen, dass ihr die Verlobung ein Dorn ist. Unbemerkt gehen an meinem Ohr solche Andeutungen
nicht vorüber. Sie sind in ihrer Seele wie die
Spione meiner Operation, die mir orientierende Nachricht senden, und durch die ich sie in mein Netz
locke.


Meine Cordelia!
Klagst Du über die Verlobung und meinst, für unsere
Liebe sei ein so äusserliches Band unnötig und störe
uns nur. Ich kenne daran meine ausgezeichnete
Cordelia! Wahrhaftig, ich bewundere Dich. Unsere
so äusserliche Verbindung trennt uns nur. Sie ist
eine Wand zwischen uns, die uns trennt wie Pira-
mus und Thisbe. Im Genuss unserer Liebe stört
uns noch, dass unser Geheimnis andern bekannt ist,
also kein Geheimnis mehr ist. Wenn erst kein
Fremder unsere Liebe ahnt, dann bekommt sie den
richtigen Wert, dann wird sie glücklich.

Dein Johannes

Das Band der Verlobung wird bald gebrochen. Sie wird es selbst lösen, um mich noch stärker zu binden, wie die offenen Locken mehr fesseln als die gebundenen. Würde die Verlobung von mir gelöst, so würde ich den verführerischen Saltomortale ihrer Liebe nicht geniessen, das wäre traurig, da ich dann auch nicht das sichere Zeichen ihrer Seelenkühnheit hätte. Es kommt mir darauf an, dies zu besitzen. Und hätte ich den Schritt gethan, so würden mich die Leute, wenn auch unbegründet, doch verabscheuen und hassen. Denn manchen wäre das sehr vorteilhaft. Manch liebes kleines unverlobtes Mädchen wäre wohl sehr zufrieden, könnte sie dem ersehnten Ziel so nahe kommen. Wenn auch wenig, so ist es immerhin etwas. Hat man auf der Erwartungsliste so einen Platz eingenommen, dann ist man ja gerade ganz ohne Erwartung, und je höher man aufrückt, um so geringer wird die Erwartung. Im Reich der Liebe befördert man einen nicht nach dem Anciennetätsprinzip, man avanciert aus anderen Gründen. Es kommt noch dazu, dass es so einem kleinen Fräulein blühen kann, in einem ungetrübten Heim zu sitzen, so dass sie sich sehnt, von irgend einem Ereignis ihr Leben bewegt zu fühlen. Aber was kann sich mit einer unglücklichen Liebesgeschichte vergleichen, — besonders wenn sich die Sache so leicht nehmen lässt. Man bildet sich und seinem Nächsten ein, dass man unter die Zahl der Betrogenen zu zählen ist, und da man die nötigen

Eigenschaften dazu aufweisen kann, um im Magda-
lenenheim aufgenommen zu werden, so logiert man
sich bei den Klageweibern ein. Man hasst mich also
pflichtschuldigst. Es giebt noch eine zweite Abteilung,
solche, die ein anderer halb oder zu zwei Drittel
betrogen hat. Es giebt viele Grade von der Sorte,
die sich auf einen Ring berufen können, bis zu
solchen herab, die als Beweis nur einen Händedruck
in einem Contre-Tanz aufweisen können. Ihre Wun-
den werden durch den Schmerz einer neuen aufge-
rissen und deren Hass nehme ich als Zuwage. Aber
alle diese Hassenden sind natürlich ebenso viele
Krippenhüter für mein armes Herz. Ein König
ohne Land ist gewöhnlich eine lächerliche Figur;
aber ein Successionskrieg um ein Königreich ohne
Land, das überbietet sogar das Lächerlichste. Eigentlich sollte ich vom schönen Geschlecht geliebt und
gepflegt werden, denn ich bin ihr Asyl. Ein wirklich Verlobter kann ja nur für eine Einzige sorgen,
aber so ein weitläufiges Asyl kann versorgen, das
heisst, beinahe mehr als nötig versorgen, so wie es
wirklich notwendig ist. Aber jetzt brauche ich das
alles nicht, und habe doch den Vorteil, später in
einer ganz neuen Rolle auftreten zu können. Die
jungen Mädchen werden mich nämlich beklagen,
mit mir Mitleid haben und mit mir seufzen, und
ich selbst beeile mich, in denselben Ton einzufallen,
so kann dann der Fang gemacht werden.
Wie seltsam! Mit Schmerz bemerke ich, dass ich

nahe daran bin, das Kennzeichen, das Horaz allen
treulosen Mädchen wünschte, zu erhalten, einen
schwarzen Zahn, sogar einen Vorderzahn. Wie man
doch abergläubisch sein kann! Dieser Zahn beunruhigt mich wirklich, ich vertrage darüber nicht die
kleinste Andeutung, er ist mein empfindlicher Punkt
geworden. Während ich sonst überall gerüstet bin,
kann mir hier der grösste Dummkopf einen Stoss
geben. Einen Stoss, der tiefer geht als er glaubt,
er braucht nur an den Zahn zu rühren. Ich thue
alles, um ihn weiss zu bekommen, aber umsonst;
ich sage mit Palnatoke bei Oehlenschlägen:

> „Ich reibe ihn wohl Tag und Nacht,
> und doch weicht nicht der schwarze Schatten."

Das Leben ist doch unerhört voll von Rätseln. So
ein kleiner Umstand kann mich mehr irretieren, als
der gefährlichste Anfall, als die peinlichste Situation.
Ich werde den Zahn ziehen lassen, trotzdem das auf
meine Sprache störend wirken und die Kraft meiner
Stimme vermindern wird.

Es ist ganz vortrefflich, dass die Verlobung anfängt
Cordelia zu missfallen. Die Ehe bleibt doch eine
ehrwürdige Einrichtung, wenn sie auch die Langeweile mit sich bringt, so dass sogar dadurch die
Jugend etwas von Ehrfurcht geniesst, die sie sich
erst mit dem Alter verschaffen dürfte. Eine Verlobung dagegen ist eine menschliche Erfindung und
als solche so bedeutungsvoll und lächerlich, dass es
einerseits ganz in der Ordnung ist, wenn ein junges,

von Leidenschaft aufgeregtes Mädchen dafür Verachtung empfindet, und doch anderseits die Bedeutung davon fühlt, und fühlt, wie die Energie ihrer Seele sie wie ein geistiges Adernetz durchdringt. Jetzt gilt es, sie so zu lenken, dass sie in ihrem kühnen Flug die Ehe und das Festland der Wirklichkeit aus dem Auge verliert, dass ihre Seele ebensoviel aus Stolz wie aus Angst sich zu verlieren, eine unvollkommene menschliche Form vernichtet, um zu etwas zu eilen, das höher als das Menschliche ist. Aber in dieser Hinsicht brauche ich keine Angst zu haben, denn ihr Gang durch das Leben ist schon so schwebend und leicht, dass die Wirklichkeit zum grossen Teil schon ausser Sicht ist. Ausserdem bin ich ja selbst die ganze Zeit an Bord und werde die Segel so stellen, dass es schnell vorwärts geht.

Man kann ein Weib doch immer wieder und wieder betrachten und an ihr Studien machen. Mag das einer nicht, und hat daran keine Freude, der kann alles sein, nur kein wirklicher Ästhetiker. Das Herrliche, das Göttliche in der Ästhetik ist gerade, dass sie in einem Verhältnis zum Schönen steht. Ich denke mit wahrer Freude, wie sich doch die Sonne der Weiblichkeit in unendlich vielen Strahlen bricht. Ein verwirrender Reichtum von Weiblichkeit, von dem jedes einzelne Weib einen kleinen Teil hat, doch so, dass ihr übriges sich harmonisch

190

um diesen Teil schliesst. In dieser Hinsicht ist die weibliche Schönheit bis in das Unendliche teilbar. Doch jeder einzelne Teil der Schönheit muss harmonisch beherrscht sein, sonst wird der Eindruck verwirrt und man kommt auf den Gedanken, als habe die Natur mit diesem Mädchen etwas vorgehabt, was aber nur Vorsatz geblieben ist. Mein Auge wird nie müde, die vielen zerstreuten Emanationen weiblicher Schönheit zu betrachten. Jedes junge Mädchen ist eine solche, und trotzdem sie nur ein Teil davon ist, doch in sich selbst vollendet glücklich, fröhlich, schön. Jeder einzelne Strahl ist von besonderer Schönheit, jeder hat das Seine; munteres Lächeln, schelmischer Blick, fragende Augen, ausgelassener leichter Sinn, hängender Kopf, stille Wehmut, tiefes Ahnen, irdisches Heimweh, drohende Brauen, fragende Lippen, geheimnisvolle Stirn, verführerische Locken, himmlischer Stolz, irdische Schüchternheit, Engelreinheit, leises Erröten, leichter Gang, reizendes Schweben, schmachtende Haltung, träumerisches Sehnen, unerklärliches Seufzen, schlanker Wuchs, weiche Formen, wogender Busen, kleiner Fuss, reizende Hand. — Das Seine hat jeder Schönheitsstrahl. Habe ich angeschaut, und immer wieder angeschaut, habe ich gelächelt, geseufzt, geschmeichelt und gedroht, begehrt und versucht, gelacht und geweint, habe ich gehofft und gefürchtet, gewonnen und verloren, — dann schliesst sich das einzelne zu einem harmonischen Ganzen und meine

Seele freut sich, mein Herz pocht, und die Leidenschaft durchglüht meine Brust. Und dieses Mädchen, dieses eine, die einzige in der ganzen Welt,
sie muss mein sein, mein werden. Gott behalte
deinen Himmel, wie sie nur mir gehört.

Wohl weiss ich, dass das, was ich wähle, so gross
ist, dass es selbst dem Himmel nichts nützt, wenn
geteilt wird; denn bliebe im Himmel noch etwas
zurück, wenn ich sie erhalte? Die gläubigen Mo-
hammedaner würden in ihrer Hoffnung getäuscht,
müssten sie in ihrem Paradiese bleiche, kraftlose
Schatten umarmen. Sie könnten keine Wärme des
Herzens mehr dort finden, denn alle Herzenswärme
hat sich in der Brust meines Mädchens gesammelt.
Sie würden trostlos verzweifeln, denn sie fänden
nur bleiche Lippen, matte Augen, kalte Brüste und
einen armen Händedruck. Denn alles Lippenrot,
alles Feuer der Augen, die Unruhe der Brust, der
vielverheissende Druck einer Hand und die Be-
siegelung des Kusses, die zitternde Leidenschaft
einer Umarmung — alles, alles wäre in ihr vereinigt, in ihr, die alles das an mich verschwenden
würde, alles, was diese und jene Welt an Reichtum
besitzt.

Oft habe ich so geträumt, und es wurde mir immer
heiss um das Herz, denn ich träume ja dann von
ihr. Im allgemeinen sieht man Wärme für ein
gutes Zeichen an, doch daraus folgt noch nicht,
dass man mich deshalb für solide halten wird. Ein-

mal will ich versuchen, das Weib kategorisch auf-
zufassen. Unter welche Kategorie soll man es
rechnen? Unter ein Sein für andere Sein. Das
könnte in schlechtem Sinn verstanden werden, als
wenn die, die für mich ist, zugleich für einen andern ist. Hier wie bei allem abstrakten Denken
muss man sich aller Rücksicht auf die Erfahrung
enthalten. Gegenwärtigen Falles würde die Erfahrung z. B. in ganz besonderer Weise für mich wie
wider mich sein. Hier wie überall ist die Erfahrung eine Person, denn ihr Wesen ist immer pro
et contra.
Also das Weib ist ein Sein für anderes. Ebenso will
man sich nach anderer Seite hin nicht durch die Erfahrung beirren lassen. Denn könnte man nicht ein-
wenden, dass man selten ein Weib küsst, das ein
Sein für anderes ist, da sehr viele Frauen weder
für sich noch für andere etwas sind. Mit der
ganzen Natur haben sie das gemein. Mit allem,
was femininum ist. Für anderes ist auch die ganze
Natur da, nicht wie die Theologie es meint, wie
z. B. in der Natur ein einzelnes Glied für ein anderes einzelnes Glied da ist, nein, für anderes ist
die ganze Natur da, für den Geist ist sie da. Mit
dem Einzelnen ist es wieder so. Zum Beispiel entfaltet das Pflanzenleben seine geheimen Reize ganz
naiv und existiert nur für anderes. Mit dem Rätsel
ist es ebenso, ebenso mit einer Scharade, einem Geheimnis, einem Vokal u. s. w. Es lässt sich so auch

erklären, weshalb Gott den Adam in tiefen Schlaf
fallen liess, als er Eva erschuf; denn des Mannes
Traum ist das Weib. Das Weib ist auch nicht aus
dem Haupt des Mannes geschaffen, sondern aus den
Rippen und ist Fleisch und Blut geworden. Sie
erwacht erst durch die Berührung der Liebe und
ist vorher ein Traum. Doch unterscheidet man in
diesem Traumdasein zwei Stadien; erstens: die Liebe
träumt von ihr, — zweitens: sie träumt von der
Liebe. Das Weib ist durch ihre reine Jungfräulichkeit wie ein Geschöpf, dessen Ziel ausserhalb sich
selbst liegt. Jungfräulichkeit ist nämlich etwas, das,
so weit es in sich selbst existiert, eigentlich eine
Abstraktion ist und sich nur als Relation zeigt.
Dieses gilt auch bei der weiblichen Unschuld. Man
kann darum sagen, dass das Weib in diesem Zustand unsichtbar ist. Bekanntlich gab es von der
Vesta auch kein Bild, von der Göttin, welche die
eigentliche Jungfräulichkeit im engsten Sinn darstellt. Diese Existenz ist nämlich ästhetisch auf
sich selbst eifersüchtig — wie Jehovah es ethisch
ist — und nicht will, dass es von ihm ein Bild
oder nur eine Vorstellung geben soll. Dieser Widerspruch, dass einer, der nur für den andern da ist,
an sich nicht ist, und durch den andern erst sichtbar wird, ist logisch ganz richtig, und wer logisch
denkt, lässt sich nicht davon stören, sondern wird
sich dessen freuen. Aber wer unlogisch denkt,
kann sich gut einbilden, dass der, der für einen

andern da ist, auch irdisch existiert, was man auch von einem einzelnen wahrnehmbaren Gegenstand sagen kann.

Des Weibes Sein — zuviel würde das Wort Existenz sagen, da sie ihr Leben nicht aus sich selbst hat — wird richtig mit dem Wort Anmut bezeichnet, der Ausdruck erinnert an das vegetative Leben; die Dichter sagen gern, dass sie wie eine Blume ist, und auch ist das Geistige in ihr gewissermassen vegetiv. Ganz innerhalb der Grenzen des Natürlichen ist sie zu suchen, und deshalb ist sie nur ästhetisch frei. Sie wird erst durch den Mann im tieferen Sinn frei, daher kommt das Wort: freien, und deshalb ist es der Mann, der freit. Freit er richtig, so kann keine Rede von einer Wahl sein. Wohl wählt das Weib, aber ist langes Überlegen das Resultat dieses Wählens, so ist das dann unweiblich. Eine Schande ist es deshalb, bekommt man einen Korb. Der Mann hat dann, da er sich zu hoch einschätzte, eine andere frei machen wollen, und konnte es nicht. — Eine tiefe Ironie liegt in diesem Verhältnis. Der Mann freit. Das Weib wählt. Nach ihrem Begriff ist das Weib die Überwundene, nach seinem Begriff ist der Mann der Sieger, und der Sieger beugt sich doch vor der Besiegten. Dieses ist ganz natürlich, nicht Mangel an erotischer Auffassung oder nur Dummheit, wenn man die naturgemässen Verhältnisse zu verändern sucht. Ein tieferer Grund liegt dahinter. Denn das

Weib ist Substanz, der Mann Reflexion. Deshalb
wählt sie auch nicht ohne weiteres, sondern der
Mann ist der Freiende und dann ist das Weib die
Wählende.

Das Freien des Mannes ist gleich einer Frage, das
Wählen des Weibes ist auf die Frage die Antwort.
Der Mann ist in gewissem Sinn mehr als das Weib,
und unendlich, weniger im entgegengesetzten Sinn.
Das Sein des Weibes mit dem Zweck, bei einem
andern verborgen zu sein, das ist die reine Jungfräulichkeit. Wenn sie eine selbständige Existenz
dem Mann gegenüber sucht, für den sie da ist,
dann wird sie abstossend und zum Gespött, und
das zeigt, dass es das eigentliche Ziel des Weibes
ist, für einen anderen zu existieren.

Der diametrale Gegensatz zu der absoluten Hingebung ist der absolute Spott, der umgekehrt unsichtbar ist, wie die Abstraktion, gegen welche sich
alles bricht, ohne dass die Abstraktion dadurch lebendig wird. Die Weiblichkeit nimmt dann den Charakter der abstrakten Grausamkeit an, welche die
karikierende Spitze der eigentlichen jungfräulichen
Weichheit ist. Ein Mann kann nie so grausam
sein, wie eine Frau. Wenn man alle Mythologien,
Erzählungen und Volkssagen befragt, wird man dies
bekräftigt finden. Wenn man eine Naturmacht
schildern will, die in ihrer Grausamkeit keine
Grenzen kennt, so ist das ein jungfräuliches Wesen.
Man erschrickt, wenn man von einem jungen Mäd-

chen liest, das seinen Freiern das Leben nehmen liess, und nicht davon berührt schien. Wohl tötet der Ritter Blaubart in der Hochzeitsnacht all die jungen Mädchen, die er geliebt hat, aber Vergnügen empfindet er nicht dabei, das Vergnügen ging voraus. Darin liegt die Konkretion, es ist keine Grausamkeit der Grausamkeit zu liebe. Ein Don Juan verführt Mädchen und verlässt sie, aber es ist ihm kein Vergnügen, sie zu verlassen, wohl aber sie zu verführen, dieses ist also auch keine absolute Grausamkeit.

Also sehe ich, je mehr ich die Sache erwäge, meine Praxis steht in vollkommener Harmonie mit meiner Theorie. Denn diese hat in der Überzeugung ihren tiefsten Grund, dass das Weib wesentlich ein Sein für anderes ist. Der Augenblick ist deshalb dabei von unendlicher Wichtigkeit, denn das Sein für anderes ist immer eine Sache des Augenblicks. Früher oder später kann dieser Augenblick kommen, aber kommt er, so muss dadurch das Sein für anderes ein relatives Sein werden, und hört auf zu sein.

Ich weiss wohl, Ehemänner meinen, dass das Weib auch im anderen Sinn das Sein für anderes ist, sie sei ihnen alles für ihr ganzes Leben. Dafür müssen die Ehemänner selbst einstehen, ich glaube, das ist etwas, was sie sich selber einander einbilden. Seine konventionellen Sitten hat ja jeder Stand und gewisse konventionelle Lügen auch. Dieses Jägerlatein der Ehemänner gehört auch dorthin. Der Augenblick ist alles, und im Augenblick ist das Weib alles; ich verstehe die Konsequenzen nicht. Die Konsequenz, dass einem Kinder geboren werden, gehört auch dazu. Ich bilde mir ein, ich bin sonst ein ziemlich konsequenter Denker, aber dächte ich bis zum Verrücktwerden nach, ich könnte nicht für die Konsequenz einstehen, ich verstehe sie nicht, nur ein Ehemann kann das.

Cordelia und ich besuchten gestern eine Familie in ihrer Sommerwohnung. Meistens hielt sich die Gesellschaft im Garten auf und vertrieb sich die Zeit mit verschiedenen körperlichen Übungen. Es wurde unter anderem auch Ringwerfen gespielt. Ein Herr, der mit Cordelia gespielt hatte, ging fort, und ich benutzte die Gelegenheit, für ihn weiter zu spielen. Sie entfaltete grosse Anmut, die Anstrengungen des Spieles machten sie noch verführerischer und erhöhten ihre Schönheit. Es war in dem Selbstwiderspruch der Bewegungen eine reizende Harmonie! Sie war so leicht, sie schwebte über die Erde, ihre ganze Erscheinung war dithyrambisch, und ihr Blick fast herausfordernd! Für mich hatte das Spiel natürlich ein besonderes Interesse. Grosse Aufmerksamkeit schien Cordelia nicht für das Spiel zu haben, aber als ich einer anderen den Ring zuwarf, das schlug in ihre Seele wie ein Blitz. Die ganze Situation war von diesem Augenblick an eine andere geworden.

Cordelia war von einer gesteigerten Energie erfüllt. Beide Ringe hielt ich an meinem Stock, einen Augenblick wartete ich und tauschte ein paar Worte mit den Umstehenden. Diese Pause verstand sie, und nun warf ich die beiden Ringe zu. Sie hatte diese schnell auf ihrem Stock und warf sie hoch in die Luft, wie aus Versehen, so dass ich keinen fangen konnte. Sie begleitete diesen Wurf mit einem Blick von unendlicher Verwegenheit. Von einem französischen Soldaten erzählt man, dem im Krieg gegen Russland ein Bein abgenommen werden sollte, weil der Brand daran kam. Nachdem eben die schmerzhafte Operation beendet war, fasst er das Bein, wirft es in die Höhe und ruft: „Vive l'empereur!" Cordelia warf mit demselben Blick, und dabei war sie schöner denn je, die beiden Ringe in die Luft und sagte zu sich selbst: Es lebe die Liebe! Es schien mir nicht geraten, dass ich diese Stimmung bei ihr noch steigerte, denn es wäre bald eine gewisse Mattigkeit darnach eingetreten, die immer solch kräftigen Ausbrüchen nachfolgt, ich hielt mich deshalb ganz ruhig, ja ich stellte mich, als hätte ich nichts bemerkt, und sie war gezwungen, weiter zu spielen.

Brächte man in unserer Zeit gewissen Untersuchungen Sympathie entgegen, so würde ich eine Preisfrage stellen: Wer von beiden, ein junges Mädchen oder eine junge Frau ist, ästhetisch gedacht, schamhafter? Die Unwissende oder die Wissende? Und welcher

von den beiden kann man die grösste Freiheit ein-
räumen?  Aber unsere ernste Zeit beschäftigt sich
mit solchen Fragen nicht.  Eine solche Untersuchung
würde in Griechenland die allgemeine Aufmerksamkeit erweckt haben, es hätte den jungen Staat in
Bewegung gebracht, vor allem die jungen Mädchen
und die jungen Frauen.  In unserer Zeit will man
das nicht glauben; aber in unserer Zeit will man's
auch nicht glauben, wenn man den bekannten Streit
erzählte, den zwei griechische Jungfrauen führten,
und dass eine zu gründliche Untersuchung die Ver-
anlassung zu demselben gab; denn man behandelt
in Griechenland solche Probleme nicht so flüchtig
und leichthin; und jeder weiss doch, Venus erhielt
nach dem Streit einen Beinamen, und das Bild der
Venus, das sie verewigt, bewundert auch ein jeder.
In dem Leben einer verheirateten Frau existieren
zwei Abschnitte, darin sie als interessant auftritt,
die erste Jugend und später nochmals eine Zeit,
wenn sie viel älter ist.  Aber man kann nicht leugnen, sie hat zugleich einen Augenblick, in welchem
sie ein junges Mädchen an Reiz überbietet, und in
welchem man noch ehrfurchtsvoller zu ihr aufschaut,
dieser Augenblick kommt im Leben nur selten, es
ist ein Phantasiebild, man braucht es im Leben nie
zu sehen, und es wird vielleicht auch niemals gesehen.  Blühend gesund stelle ich sie mir dabei
vor, auf ihren Armen ein Kind, dem schenkt sie
ihre volle Aufmerksamkeit, und schaut es wieder

und wieder in seliger Freude an. Ein solches Bild
ist das Lieblichste und zauberhaft Schönste, was das
menschliche Leben bieten kann, ein Naturmythus
ist das, und darf daher nur künstlerisch und nicht
in natura angeschaut werden. Auch dürfen auf
dem Bild nicht mehrere Personen sein, jede Umgebung würde stören. Wenn man zum Beispiel
unsere Kirchen besucht, so hat man oft Gelegenheit, eine Mutter mit ihrem Kind auf dem Arm zu
sehen. Wenn man auch von dem irritierenden Ge-
schrei des Kindes absieht, und von dem beunruhi-
genden Gedanken an die begründeten Erwartungen
der Eltern betreffs der Zukunft des Kleinen, so ist
doch schon die Umgebung so störend, dass, wenn
auch alles andere vollkommen wäre, die Wirkung
doch verloren gehen würde. Man sieht den Vater,
was ein grosser Fehler ist. Denn dann verschwindet das Mystische, das Bezaubernde, man sieht —
die ernste Masse der Gevattern, man sieht — gar
nichts. Aber als Phantasievorstellung ist das Bild
entzückend. Mir fehlt die genügende Menge Rasch-
heit und Dummdreistigkeit, um einen Angriff auf
die Wirklichkeit zu machen, — doch würde ich
das Bild in Wirklichkeit sehen, so wäre ich entwaffnet.

Cordelia beschäftigt mich immer noch sehr. Doch
bald ist die Zeit vorüber, meine Seele muss sich
immer wieder verjüngen. Ich höre gleichsam von
fern schon den Hahn krähen. Vielleicht hört sie

ihn auch, aber sie glaubt, dass er den Morgen an-
kündigt. Warum müssen junge Mädchen so schön
sein, und Rosen so bald welken? Ich könnte bei
dem Gedanken melancholisch werden, doch eigentlich geht es mich nichts an. Das Leben geniessen,
und Rosen, ehe sie verblühen, pflücken. Solche
Gedanken schaden übrigens nicht, die männliche
Schönheit wird durch Wehmut nur gehoben. Eine
Wehmut, die wie ein Nebelschleier betrüglich über
die männliche Stärke gebreitet ist, gehört mit zu
dem männlich Erotischen. Bei der Frau entspricht
dem die Schwermut.
Hat ein junges Mädchen sich dem Mann erst hingegeben, so ist es bald vorbei. Ich nähere mich
einer Jungfrau immer noch mit einer gewissen
Angst, mit klopfendem Herzen, weil ich die ewige
Macht, die in ihrem Wesen liegt, fühle. Nie fällt
mir das einer verheirateten Frau gegenüber ein.
Das bischen Widerstand, das man mit Hilfe der
Kunst zu machen versucht, ist nicht viel wert. Als
ob die Kopfbedeckung der verheirateten Frau mehr
imponieren sollte, als der unbedeckte Kopf des
jungen Mädchens. Diana ist darum immer mein
Ideal gewesen. Immer hat mich reine Jungfräulichkeit, absolute Sprödigkeit sehr beschäftigt. Aber
ich habe sie trotzdem mit scheelen Augen angesehen. Ich bin nicht sicher, verdient sie es wirklich, so gepriesen zu werden. Dass ihre Jungfräulichkeit ihre einzige Macht war, wusste sie nämlich.

202

Ausserdem habe ich einmal gehört, von ihrer Mutter
hatte sie von den schrecklichen Geburtswehen erfahren. Dass sie das abschreckte, verdenke ich ihr.
Denn ich muss sagen: Ich will lieber dreimal Kinder gebären, als einmal in den Krieg gehen. Ich
würde mich nie in Diana verlieben können, aber
allerdings für eine rechtschaffene Unterhaltung mit
ihr würde ich viel geben. Sie muss wie kein anderer zu höhnen und zu necken verstehen. Meine
gute Diana hat sich scheinbar irgendwie Einsichten
verschafft, die sie weit weniger naiv machen, als
Venus selbst. Es läge mir nichts daran, ihr im
Bade aufzulauern, gar nichts, aber mit Fragen möchte
ich sie einfangen. Sollte ich mich zu einem Rendez-
vous mit ihr begeben, und wäre meines Sieges nicht
ganz sicher, so würde ich mich vorbereiten, bewaff-
nen, und durch Gespräche mit ihr alle Geister der
Erotik in Bewegung setzen.
Oft habe ich darüber nachgedacht, welchen Augenblick muss man wohl für den am meisten ver-
führenden ansehen. Die Antwort hängt natürlich
davon ab, was man ersehnt, wie stark man sehnt,
und wie man entwickelt ist. Von allen Augenblicken
halte ich den Hochzeitstag als den geeignetsten.
Wenn das junge Mädchen als Braut geschmückt
dasteht, und ihre Pracht vor ihrer eigenen Schönheit verblasst, und sie selbst erblasst, wenn das
Blut stockt, wenn der Busen ruht, der Blick unsicher wird, der Fuss schwankt, die Jungfrau zittert,

die Frucht reif wird; wenn der Himmel sie hebt, der Ernst sie stärkt, das Versprechen sie trägt, das Gebet sie segnet, die Myrthe sie bekränzt, wenn das Herz bebt, das Auge sich zur Erde senkt, sie sich in sich selbst versteckt; wenn der Busen schwillt, der Körper seufzt, die Stimme versagt, die Thräne zittert, ehe das Rätsel gelöst ist, die Fackel gezündet wird, wenn der Bräutigam wartet, dann ist der Augenblick da. Bald ist es zu spät. Es ist nur noch ein Schritt zu machen, aber das kann ein Fehlschritt werden. Dieser Augenblick macht ein unbedeutendes Mädchen bedeutend. Alles muss zusammen da sein. Im Augenblick, wo das Entgegengesetzte sich vereint, vermisst man etwas, besonders etwas von den Hauptgegensätzen, dadurch verliert die Situation gleich etwas Verführerisches. Es giebt einen Kupferstich, der stellt ein Beichtkind vor. Es sieht so jung und unschuldig aus, dass man für sie und den Beichtvater in Verlegenheit kommt, man überlegt, was sie wohl zu beichten haben mag. Sie hat den Schleier gehoben und schaut in die Welt, als ob sie etwas sucht, wovon sie möglicherweise für die nächste Beichte Gebrauch machen könnte und — natürlich, — es ist dies auch ihre Pflicht gegen den Beichtvater. Die Situation ist verführerisch, und da sie auf dem Kupferstich die einzige Person ist, so kann man sich ohne Hindernis die Kirche, wo das Ganze vor sich geht, so räumlich denken, dass mehrere und ganz verschiedene Priester zu gleicher Zeit predigen. Die Situation ist wirklich verführerisch und ich habe nichts dagegen, mich selbst in dem Hintergrund anzubringen, wenn das Mädchen nichts dagegen hat. Es wird aber eine sehr untergeordnete Situation werden, da das Mädchen ganz und gar noch Kind zu sein scheint, und einige Zeit muss noch vergehen, bis der richtige Augenblick kommen kann.

Bin ich denn in meinem Verhältnis zu Cordelia meinem Verbund ständig treu gewesen? Das heisst meinem Bund mit dem Ästhetischen; denn dass ich die Idee auf meiner Seite habe, das giebt mir meine Stärke. Es ist das ein Geheimnis, wie die Locken des Simson, und keine Delila soll es mir entlocken. Ein Mädchen nur anzuführen, wäre mir nicht der Mühe wert; aber dass Idee bei der Handlung ist, dass ich im Dienst der Idee handle, mich ihrem Dienst weihe, das giebt mir eine Strenge gegen mich selbst, und eine Enthaltsamkeit vor jedem verbotenen Genuss. Ist das Interessante immer bewahrt worden? Ja, das kann ich in diesem heimlichen Selbstgespräch behaupten. Die Verlobung war dadurch interessant, dass sie das nicht hatte, was man gewöhnlich unter interessant versteht. Sie bewahrte das Interessante dadurch, dass der äussere Schein im Gegensatz zu dem inneren Leben stand. Hätte Cordelia mit mir geheime Beziehungen gehabt, so wäre das Verhältnis in erster Potenz interessant gewesen. Jetzt ist es dagegen in zweiter Potenz interessant. Die Verlobung wird dadurch gelöst, dass sie selbst dieselbe auflöst, um sich in eine höhere Sphäre hinaufzuschwingen. Das sollte es sein. Dies ist die Form des Interessanten, die Cordelia am meisten unterhalten wird.

16. September. Nun ist das Band zerrissen; sie schwingt sich sehnsuchtsvoll, stark, kühn, göttlich zur Sonne auf wie der Adler. Flieg' Vogel, flieg'! Könnte dieser Königsflug sie mir entführen, das würde mich unendlich und tief schmerzen. Wie dem Pygmalion, dessen Geliebte wieder zu Stein wurde, so würde es mir sein. Ich habe sie leicht gemacht, wie einen Gedanken leicht. Und sollte nun dieser mein Gedanke mir nicht mehr gehören, zum Verzweifeln wäre das! Wäre es noch einen Augenblick früher, — es ginge mich noch nichts an, und einen Augenblick später würde es mich auch nicht mehr bekümmern, nun aber, — nun — dies Nun, eine Ewigkeit bedeutet dies Nun für mich. Aber sie wird mir nicht fortfliegen. Also flieg', Vogel, fliege, Deine Adlerflügel tragen Dich stolz, ich bin bald bei Dir, bin bald mit Dir in der tiefsten Äthereinsamkeit, verborgen vor der ganzen Welt! — — Die Nachricht wirkte etwas frappierend auf die Tante. Doch zwingen wird sie Cordelia nicht, trotzdem habe ich, teils um sie noch mehr zu täuschen, teils um Cordelia noch mehr zu necken, einige Versuche gemacht, dass sie sich für mich interessiert.

Sie bezeugt mir übrigens viel Teilnahme. Und keine
Ahnung hat sie, dass ich mir die Teilnahme aus
gutem Grund verbitten könnte.

Die Tante hat Cordelia die Erlaubnis gegeben, für
einige Zeit auf das Land zu gehen, um eine Familie zu besuchen. Das passt ausgezeichnet. Dadurch bekommt sie nicht gleich Gelegenheit, sich
dem Überschuss der Stimmung hinzugeben. Durch
verschiedenerlei Druck von aussen wird sie noch
einige Zeit in Spannung gehalten. Durch meine
Briefe unterhalte ich dann noch eine schwache Beziehung zu ihr. Und unser Verhältnis grünt so
von neuem. Stark muss sie jetzt gemacht werden,
besonders muss ihr gegen die Menschen und gegen
alles Gewöhnliche eine excentrische Verachtung ein-
geflösst werden. Kommt dann der Tag ihrer Ab-
reise, da geselle ich ihr einen zuverlässigen Burschen
als Kutscher bei und mein Diener schliesst sich
ausserdem noch draussen vor dem Stadtthor an.
Begleitet sie zum Bestimmungsort, bleibt zu ihrer
Aufwartung und zum Beistand bei ihr, so lange es
nötig ist. Draussen habe ich selber alles möglichst
geschmackvoll eingerichtet. Alles ist da, was ihre
Seele bethören soll und sie in üppiges Wohlsein
einwiegt.


Meine Cordelia!

Die Notrufe der einzelnen Familien über Dich und
mich haben sich noch nicht vereinigt und die ganze

Stadt in Verwirrung gesetzt, durch ein allgemeines
kapitolinisches Gänsegeschrei. Doch mehr als ein
Solo hast Du wohl schon aushalten müssen. Stelle
Dir die ganze Versammlung von Spiessbürgern und
Klatschbasen um die Theewasserkanne und um die
Kaffeemaschine vor, denke Dir den Vorstand als
eine Dame, die ein würdiges Gegenstück des un-
sterblichen Präsidenten Lars bei Claudius ist, und
Du hast ein Bild, eine Vorstellung oder ein Mass
für das, was Du an Achtung bei den guten Leuten
verloren hast.

Anbei der berühmte Kupferstich, der den Präsidenten Lars darstellt. Es war mir nicht möglich,
ihn separat zu bekommen. Ich habe deswegen den
ganzen Claudius gekauft, den Stich herausgerissen
und den Rest weggeworfen. Denn wie hätte ich
es gewagt, Dich mit einer Gabe zu belästigen, die
in diesem Augenblick für Dich keine Bedeutung
hat? Wenn ich alles aufbieten könnte, um irgend
etwas aufzubieten, was Dich nur einen Augenblick
freuen könnte, wie sollte ich es dann zulassen, dass
sich in eine Situation etwas hineinmischt, was nicht
dazu gehört? So etwas kommt vor unter Menschen,
welche von der Natur und endlichen Verhältnissen geknechtet leben müssen. Du aber, meine
Cordelia, in Deiner Freiheit solltest Du es
hassen.

Dein Johannes

208

Zum Verlieben ist doch der Lenz die schönste Zeit, und um am Ziel seiner Wünsche anzukommen, muss es Herbst sein. Eine Wehmut liegt im Herbst, die entspricht ganz der Bewegung, die einem durchschauert beim Gedanken an die Erfüllung des Wunsches. Ich bin heute selbst in der Villa draussen gewesen, wo in einigen Tagen Cordelia eine Umgebung finden soll, harmonisch zu ihrer Seele. An ihrer freudigen Überraschung will ich selbst nicht teilnehmen, ihre Seele würde von solchen erotischen Pointen geschwächt. Ist sie aber allein, wird sie sich wie in einem schönen Traum fühlen, überall wird sie Andeutungen, Winke, eine bezauberte Welt finden. Alles dies würde an Bedeutung einbüssen, wäre ich an ihrer Seite. Es würde sie vergessen machen, dass der Zeitmoment, wo ein solcher gemeinsamer Genuss Bedeutung hätte, noch nicht zurückgelegt ist. Ihre Umgebung darf ihre Seele nicht narkotisch bethören, aber sie beständig auf der Höhe halten, so dass sie die Umgebung überlegen als ein Spiel ansieht, das im Vergleich zu dem, was kommen soll, keinen Wert hat Damit sie recht in Stimmung bleibt, werde ich in den Tagen, die noch übrig bleiben, oft diesen Ort besuchen.

Meine Cordelia!
Mein nenne ich Dich nun in Wahrheit! Und an den Besitz erinnert mich kein äusserliches Zeichen.

— In Wahrheit nenne ich Dich bald mein. Halte ich Dich dann fest in meinen Armen, drückst Du mich an Dein Herz, so brauchen wir keinen Ring, der uns sagen soll, dass wir zusammengehören. Der Ring ist die Umarmung und die ist mehr als ein Zeichen? Und die Freiheit wird um so grösser, je fester dieser Ring sich um uns schliesst und je unzertrennlicher er uns verbindet; denn mein zu sein, das ist Deine Freiheit, und dass ich Dein bin, das ist meine Freiheit.

Dein Johannes


Meine Cordelia!
Auf der Jagd verliebte sich Alpheus in die Nymphe Arethusa. Sie wollte nicht sein werden und floh beständig vor ihm, auf der Insel Ortygia wurde sie dann in eine Quelle verwandelt. Alpheus schmerzte das sehr, und er wurde in einen Fluss verwandelt in Elis im Peloponnes. Doch seine Liebe vergass er nicht, unter dem Meer vereinigte er sich mit jener Quelle. Giebt es keine Verwandlungen mehr? Antworte mir! Giebt es keine Liebe mehr? Deine reine tiefe Seele, die keine Verbindung mit der Welt hat, kann ich sie anders als mit der Quelle vergleichen? Und ich habe Dir schon gesagt, ich bin wie ein Fluss, der sich in Dich verliebt hat. Und nun, da wir getrennt sind, stürze ich mich ins Meer, um mich mit Dir zu vereinigen. In das Meer der Gedanken, der Sehnsucht. Wir begegnen

einander unter dem Meer und gehören in seiner
Tiefe erst recht zusammen.

Dein Johannes

Meine Cordelia!

Bald, bald gehörst Du mir. Die Sonne schliesst
ihr sprühendes Auge, die Geschichte hört auf, die
Mythe beginnt, ich werfe nicht nur meinen Mantel
um die Schultern, ich werfe als Mantel die Nacht
um mich, eile zu Dir, lausche, bis ich Dich finde,
aber verraten werden Dich nicht Deine Schritte,
Dein klopfendes Herz wird Dich verraten.

Dein Johannes

In den Tagen, da ich nicht wie sonst immer persönlich bei ihr sein kann, beunruhigt mich der Gedanke, ob sie schon an die Zukunft gedacht hat.
Eingefallen ist es ihr bisher noch nicht, ich habe
es zu gut verstanden, sie ästhetisch zu betäuben.
Nichts Unerotischeres kann ich mir denken, als die
ewigen Zukunftsgespräche. Ihren letzten Grund
haben sie darin, dass man sich die Zeit nicht anders
zu vertreiben weiss. Bin ich dabei, so ist es mir
nicht bang, dann wird sie schon Zeit und Ewigkeit
vergessen. Versteht man nicht in dem Grade den
Seelenrapport mit einem Mädchen aufrecht zu halten, dann giebt man besser alle Verführungsgedanken
auf. Unmöglich wird man den beiden Klippen entgehen: der Zukunftsfrage und der Katechisation

211

über den Glauben. Gretchen hält im Faust schon
solch ein kleines Examen ab, das erscheint ganz
natürlich; Faust kehrte unvorsichtigerweise immer
den Kavalier hervor, ein Mädchen ist gegen solchen
Angriff immer gewappnet.

Ich glaube nun, alles ist zum Empfang fertig. Vergessen ist nichts, nichts was Bedeutung haben soll;
dagegen nichts dazugethan, was aufdringlich an mich
erinnern muss, und doch scheint es, als sei ich unsichtbar überall gegenwärtig. Grösstenteils wird die
Wirkung bei ihr vom ersten Anschauen abhängen.
Genaue Instruktionen gab ich meinem Diener, er
ist ein vollendeter Virtuose in dieser Art und mir
unbezahlbar.

Alles ist, wie man es nur wünschen mag. Wenn
man mitten im Zimmer sitzt, so hat man den unendlichen Horizont zu beiden Seiten, man ist im
weiten Luftmeer allein. Und ist man an das Fenster
getreten, so wölbt sich ein Wald am Horizont, als
würde das Ganze von einem Kranz begrenzt und
umfriedet. So soll es sein. Liebt die Liebe nicht
immer eine Einfriedigung? Das Paradies war ein
geschlossener Ort, ein Garten, der nach Osten ging.
— Dicht um einen schliesst sich der Ring zu, näher
am Fenster sieht man einen stillen See, demütig in
der erhöhten Umgebung verborgen, — ein Boot liegt
am Ufer. Aus vollem Herzen ein Seufzer, ein un-
ruhiger Gedankenhauch — und vom Ufer geht es
fort, über den See gleitend, der milde Atem einer

unnennbaren Sehnsucht treibt es leise; man verschwindet in geheimnisvoller Waldeinsamkeit, ge-
schaukelt von den leichten Seewellen, und der See
träumt vom tiefen Walddunkel. — Nach der anderen
Seite hin breitet sich das Meer vor dem Auge unendlich aus. Und die Liebe liebt die Unendlichkeit. Die Liebe fürchtet die Grenze. Ein kleineres
Zimmer oder besser ein Kabinett liegt über dem
grossen Saal, das ist dem Zimmer im Wahlschen
Haus täuschend ähnlich. Den Boden bedeckt wie
dort ein weidengeflochtener Teppich, ein kleiner
Theetisch vor dem Sofa, darauf eine Lampe, genau
wie jene zu Hause — alles ebenso, aber kostbarer.
Ich durfte mir wohl darin eine Steigerung erlauben.
Ein Klavier steht im Saal, sehr einfach, aber dem
aus dem Jansenschen Hause ähnlich. Es steht geöffnet da. Das kleine schwedische Lied liegt aufgeschlagen auf dem Notenpult. Die Entreethür ist
nicht geschlossen. Doch muss sie durch eine andere
Thür eintreten, Johann hat dafür genaue Instruktion.
Ihr Auge muss das Kabinett und das Klavier zu
gleicher Zeit erblicken, in ihrer Seele erwacht die
Erinnerung, dann öffnet Johann im selben Augenblick die Thür. — So ist die Illusion vollkommen.
Sie wird, das bin ich überzeugt, zufrieden in das
Kabinett eintreten. Fällt ihr Blick auf den Tisch,
so bemerkt sie ein Buch; Johann nimmt es im selben
Augenblick, will es weglegen und muss wie zufällig
sagen: „Der Herr hat gewiss das Buch heute Morgen,

als er hier war, vergessen. Also hört sie, dass ich
am Morgen schon dagewesen war, und sie will das
Buch sehen. Das Buch ist: Amor und Psyche, von
Apulejus in deutscher Übersetzung. Nicht ein Gedicht, es soll auch keines sein. Denn gegen ein
junges Mädchen wäre es eine Beleidigung, in diesem
Augenblick ein Gedicht anzubieten, als wäre sie da
nicht selbst dichterisch und verstünde nicht die
Poesie einzusaugen, die in dem Faktischen des
Augenblickes sich unmittelbar darbietet, und nicht
erst von eines anderen Gedanken verzehrt ist. Man
denkt gewöhnlich nicht daran, aber so ist es. —
Das Buch wird sie lesen wollen, und ich erreiche
meine Absicht. Öffnet sie es da, wo in demselben
zuletzt gelesen ist, so findet sie einen kleinen Myr-
thenzweig, sie versteht, der bedeutet mehr als ein
Lesezeichen.

Meine Cordelia!
Fürchtest Du Dich? Halten wir zusammen, wir sind
dann stark, stärker als die Welt und als die Götter
stärker. Weisst Du, einst lebte auf Erden ein Geschlecht, es waren wohl Menschen, aber sie kannten,
genug sich selbst, nicht der Liebe schönste Vereinigung. Sie waren trotzdem mächtig, waren mächtig, und wollten den Himmel stürmen. Sie wurden
von Jupiter gefürchtet, und wurden von ihm geteilt, das zwei aus einem wurden, ein Mann und
ein Weib. Zuweilen ereignet es sich, das zwei, die

vorher eins waren, sich durch die Liebe wieder vereinigen, dann ist ihre Vereinigung stärker als Jupiter, sie sind nicht nur wie der Einzelne stark,
stärker noch, denn die Vereinigung der Liebe ist
eine höchste Stärke.

Dein Johannes


24. September. Stille Nacht — ein Viertel vor
Zwölf — am Thor blässt der Wächter seinen Segen
über das Land. Er hallt vom Bleicherdamm wieder,
aber mit schwächerem Wiederhall.
Friedlich schläft alles, aber die Liebe nicht. Ihr
geheimen Mächte der Liebe erhebt euch, um euch
in dieser Brust zu sammeln! Schweigsame Nacht
— das Schweigen unterbricht nur ein einsamer
Vogel mit seinem Schreien und seinem Flügelschlag,
vielleicht will er auch zu einem Rendez-vous —
accipio omen!
Die ganze Natur scheint mir voll Vorbedeutung!
Aus dem Flug der Vögel weissage ich mir, aus dem
Schreien, aus dem Plätschern übermütiger Fische
im See, aus der Tiefe tauchen sie auf und verschwinden gleich wieder, aus dem Hundegebell in
der Ferne, aus dem Gerassel eines Wagens, aus den
Schritten vorbeieilender Menschen. Geister sehe
ich nicht in dieser Mitternachtsstunde, was gewesen
ist, sehe ich nicht, sondern das Kommende sehe
ich, in der Brust des Sees, im Kuss des Taues, im
Nebel, über die Erde ist er gebreitet, und verbirgt

ihre fruchtbare Umarmung. Ein Bild ist alles hier um mich, ein Mythus bin ich mir selbst; ein Mythus muss es doch sein, dass ich zu diesem Begegnen eile? Es thut nichts zur Sache wer ich bin. Vergessen ist Endliches und Zeitliches, zurück bleibt nur das Ewige, der Liebe Macht, Sehnsucht und Seligkeit. Meine Seele ist wie ein gespannter Bogen, die Gedanken liegen wie Pfeile fertig in meinem Köcher, nicht giftig, aber doch im stande, in das Blut zu dringen. Meine Seele ist stark, frisch, froh und im Augenblick anwesend wie ein Gott. — — —

Sie war schön von Natur. Dir danke ich, dir wunderbare Natur! Du hast über ihr wie eine Mutter gewacht. Deine Sorgfalt dank ich dir! Sie war wunderbar. Auch euch, ihr Menschen Dank, denen sie dankt. Mein Werk war, sie zu entwickeln. Den Lohn geniesse ich bald. — In diesem einen bevorstehenden Augenblick, wie vieles habe ich nicht da hineingesammelt. Tod und Teufel, dürfte ich ihn nicht kosten! —

Ich sehe meinen Wagen noch nicht. — Einen Peitschenknall höre ich, mein Kutscher ist es. Fahr zu auf Tod und Leben, wenn wir am Ziel sind, mögen die Pferde stürzen, aber früher keine Sekunde.

25. September. Eine solche Nacht, warum kann

sie nicht länger dauern? — Vorbei, und niemals
wünsche ich sie wiederzusehen. Ein Mädchen ist
schwach, wenn sie alles hingegeben hat, sie hat
dann alles verloren; denn beim Mann ist die Unschuld ein negatives Moment, beim Weib ist sie
der Gehalt ihres Wesens. Aller Widerstand ist
nun unmöglich, und schön zu lieben ist es nur,
so lange derselbe da ist. Schwachheit und Ge-
wohnheit wird es, sobald derselbe aufgehört hat.
An mein Verhältnis zu ihr mag ich nicht mehr
erinnert werden. Den Duft hat sie verloren. Die
Zeiten, da ein Mädchen in einen Heliotrop verwandelt wurde, aus Schmerz über die Treulosigkeit ihres Geliebten, die Zeiten sind vergangen.
Ich will nicht Abschied von ihr nehmen. Unangenehm sind Weiberthränen und Weiberbitten, alles
verändern sie ·und einen Zweck hat es doch
nicht. Geliebt habe ich sie, aber meine Seele
kann sich von nun an nicht mehr mit ihr
abgeben. Wenn ich ein Gott wäre, an ihr
würde ich thun, was Neptun an einer Nymphe
that, in einen Mann würde ich sie ver-
wandeln.

Wissen möchte ich wohl, kann man sich so
aus einem Mädchen herausdichten, dass sie sich
mit Stolz einbildet, das Verhältnis habe sie
gelöst, weil sie überdrüssig davon wurde? Ein
recht interessantes Nachspiel könnte das wer-

den, es hätte psychologisches Interesse an und
für sich und könnte einen ausserdem mit
vielen erotischen Wahrnehmungen in Berührung
bringen.

www.ingramcontent.com/pod-product-compliance
Lightning Source LLC
Chambersburg PA
CBHW030739110726
47900CB00008B/2375